啼印

翁月鳳 著

目錄

第一單元　阿母的跤印

第三單元　　桃仔佮阿媽

第四單元　　月娘的曲盤

大格雞慢啼：
序翁月鳳的《啼印》

方耀乾（國立台中教育大學台
語文學系特聘教授，前系主任）

　　第一擺拄著月鳳應該是佇 1999 年，第六屆南瀛文學
獎的頒獎典禮。彼時伊得著散文佳作，我得著詩類新人獎
（規本台語詩集），毋過，阮無相借問，也無相捌。20 冬
後，我才漸漸聽著有一个作家叫做翁月鳳，用台語寫作，
寫了袂穗，閣定定著文學獎。這馬回想起來，若親像捌佇
佗位佮伊見過面。果然無錯，是佇第六屆南瀛文學獎的頒
獎典禮。2022 年 3 月 17 日，伊透過 Messenger 講欲央我寫
序，伊講欲將這幾冬寫的台語作品聚集做一本冊出版。我
聽著真歡喜，真有緣分，就答應。共伊講：「先恭喜妳欲
出冊。我最近足無閒，有困難。若寫短短仔，一頁，勉強
會使。好無？」伊回講：「按呢足好啊，我的冊猶咧整理
無遐快。」就按呢搭起這个緣分。

　　《啼印》雖罔是月鳳的第一本台語文集，毋過寫作手
路無成生跤數。文字真端的，用詞充滿著感情和溫度，文
章結構的處理真成熟。這本文集是詩和散文的合輯。主題

主要是箍佇伊的生活和生活中的感觸和感動。第一輯是 3
逝詩，第二輯是現代詩，第三輯是伊的孫仔畫的圖和伊的
配詩，第四輯是 5 篇散文。

　　其中得著第七屆台文戰線文學獎台語現代詩頭等
〈望〉寫了真出擢閣引人深思。書寫一位佇安養中心的老
母，等無伊的囡仔來共看，彼種失落的心神，寫了真感
人：

　　數念就是一枝鋤頭／仙掘攏掘無囝喝阿母的聲／眠床
是我的船／目若瞌就出海／披早前網未來／祈求平安，無
風無湧／今仔日的我，已經／泅袂轉去昨昏的咱／厝內的
鼎灶埕斗的日頭／熟似的厝邊兜／有發翼的攏放予伊去飛
／想欲問風一句話：／雨蕊冬節的目睭，敢換有一粒中秋
的月？

　　另一首是臺灣文學獎創作獎入圍的〈啼印〉，真有
人情味，書寫小卒仔反抗大海翁的故事。這首詩的故事
是來自 2019 年法國奧萊隆島（Oléron）村莊聖皮耶爾多
萊隆（Saint-Pierre-d'Oléron）一件罕見的相告案件。根據
《CNN》報導，有住戶講菲索（Corinne Fesseau）飼的一
隻雞公莫里斯（Maurice）下早仔的啼叫聲實在是傷吵，
因此起意欲告莫里斯，要求菲索予雞公安靜莫閣啼叫。佇
雙方無共識之下，住戶指控莫里斯造成噪音污染，將伊告

上法院。菲索為此展開抗爭，強調雞公是法國的象徵之一，而且是城鄉差距的代表性存在，所以你若到庄跤蹛就必須愛容忍雞啼，「我想欲保護法國所有的雞公」。菲索的舉動得著大力支持，大約有 12 萬人幫伊簽署網路連署書，希望莫里斯平安無事。菲索代表莫里斯出庭的時，現場閣有幾偌位帶雞公來支持。聖皮耶爾多萊隆鎮長蘇爾（Christophe Sueur）表示，農村的傳統聲音應該得著保護，「在這裡，我們可以聽到斑鳩的歌聲、海鷗的啼叫、拖拉機的轟轟聲，這也是我們島嶼美麗的原因。聲音非常重要，它是我們景觀魅力的一部分」：

　雞啼，天欲光的通知／就可比春天觀花蕊／可比種子出芽殼弓開／攏是天地咧喘氣／日頭將跤步寄佇雞的喉管內／每一個透早，叫作穡人好起床／叫醒田園的翠綠，叫醒門窗的透明／雞啼，是鄉村上挑俍的標誌／山還山，溪還溪／自重是界址／一種失敗，號做欲望的褪殼／拗蠻的意志，袂堪得變大／一種勝利，號做傷痕的歡喜／揹十字架的尻脊／榮耀，一稜一稜／新制定的法律／保護了鄉村各種動物的聲音，包含氣味／保護了都市化對鄉村的威脅／被告變英雄，彼隻雞／有赤紅的雞髻，正義的聲腹／啼聲迵國際／樸實的鄉村／團結的村民，予聲音的景觀更加珍貴／有溫度的法律／像母愛。

　　這聲《啼印》是翁月鳳正義的呼聲，伊欲用台語講出
台語是咱島嶼美麗的原因，是咱景觀魅力的一部分。

　　　　　　　　　　　　　——2022.07.30，台南永康

發現桃花源新地
～月鳳新冊題序

「臺南市台語文化班學會」理事長　**黃良成**
111.10.10

華語～序 1：

　　與其說是「月鳳來台語文化班上課」，倒不如說是「她找到一處可以耕耘的台語園地」。月鳳來找靈感、來熱絡台語伙伴、來拓展其文學思路、來分享其文學作品、來指導台語新進學員，台語文化班有如活水泉源，老中青甚或三代同堂的學習家庭都有，來這裡分享作品，非但可以獲得共鳴，甚且是即時性的回饋，更可以是面對面的回應。

　　若稱大學裡的台語文課程或是為比賽而訓練台語的國中小課程，謂之精英教育，那我們台語文化班的學習模式，是平民教育路線，因為在社區裡上課，不以比賽為目的，是以能日常與家人對話、是可以天南地北話家常、更可以廣博學習台灣俗諺語，總之祖先流傳下來的智慧，都是學習的教材與內涵。來這裡上課的民眾，有尚未入學的

幼兒以至碩博士學者，也或是就業中有需求者或是退休後學台語以慰孩提時光被限制學習遺憾者，現在台語已是國語，非但可以學習，還可以是公辦民營方式的學習機制。因此我看到月鳳同學來台語文化班之後，其台語思路更寬廣、寫作題材更寬闊了，廣度更啟發之餘，深度更接地氣，看到她個性改變，台語的園地花朵盛開，根株健旺，真是高興又欣慰。

何以見得月鳳性情晴朗陽光又成長了呢，不久前，永康區台語文化班第九期開課（111.07.26），課中幹部選舉，學員們竟然全數舉手，鼓掌通過當選為班長，高人氣呀！而且在「台語文化班學會」成立大會（111.06.25）上也當選監事一職，在在都可以看出月鳳班長、月鳳監事，走出個人世界邁向社會大眾，服務耕耘母語園地，我也高興撿到寶、拾得一顆閃閃發亮、耀眼光芒的金剛鑽。

台語～序 2：

會記得是舊年（110 年）年底 12 月 24 日，月鳳仔按面冊連絡，講想欲來報名台語文化班讀冊。我知影月鳳仔按華語寫作轉到台語的創作，已經有一段時間，而且伊的文章捌得著文學大獎，刊佇報紙雜誌的作品，是若小菜全款，不時都有著獎的訊息，年年攏有縣市文學獎抑是教育部的獎類，這款人物欲來讀冊，敢會是欲來拚館，伊台語

文的能力，早就在我之上，不在我之下，為何閣欲來遮委
屈咧？

　　人的緣份就是遮奇巧，透過台語文化班的學員佇別
个社群做伙上課的場合，因為講起台語的話題引起人的興
趣，自按呢吸引著全款興趣佮專長的有志來報名讀冊。有
影是按呢，月鳳仔的情形正是如此。只是予伊委屈，坐蹛
台跤做學生，毋知會不時偷笑袂？

　　月鳳仔來阮台語文化班了後，予我加真輕鬆，五區的
學員總共欲甲三百个，我時間無夠用，欲隨个仔隨个個別
關照，實在講，心有餘而力不足。永康區拄好有月鳳仔鬥
相共，真投入，誠用心。台語文化班學會佇 111 年 6 月 25
日召開成立大會，月鳳仔當選監事。永康區第九期開課佇
7 月 26 日拜二選舉幹部，全數通過當選班長。實在講，現
此時看會出來月鳳仔進步足濟，伊拄來讀冊的時 bih-tshih
bih-tshih，毋但恬靜，閣敢若驚生份全款，拄開始我驚伊
無法度佮同學鬥陣做伙，嘛驚伊對課程的內容無趣味，哪
知影個性是純樸真恬才，袂因為得獎過講話會洪聲，抑是
意見相扴歹聲嗽，遇著無全看法閣會攑手提問，真像論語
公冶長篇內底形容的『敏而好學、不恥下問』，阮的心更
加欽佩伊有學者的風範。

　　幾月前聽著月鳳仔欲出冊的好消息，伊過去捌得著教
育部佮各縣市的創作獎，誠實歡喜，一來歡喜新冊出版，
二來有這个榮幸來「啉人頭鍾酒，講人頭句話」，先來替

這本冊踏話頭講序言。出冊是檢驗家己拍拚的成果，欲行向另外一个坎站的里程碑，每一个坎站攏是辛苦拍拚的跤跡，會當留做紀念，順紲分享予有緣的好朋友。

月鳳仔的新冊分四个篇章，第一單元「阿母的跤印」有 31 首三逝短詩，台華對譯，會當提供予看無台語文的讀者，嘛會當體會台語文的嫷氣佮優雅，誠爾用心。詩句雖然干焦三逝，毋過予人有無限的想像，上蓋難能可貴的是，佇短詩當中蘊藏有禪味意境。

第二單元「旅途」，有 19 首或短或長的詩作，全款有華語註解，足貼心的。有誠濟篇是文學獎的大作，得著名次的作品，證明作者的台文底蒂是經過台文界重量級的評審篩選過，有相當的水準，欣賞遮的文章，真正是享受，尤其是詩詞意境予讀者有參禪悟道的境界，這點看會出作者的修養佮內涵。恬恬體會、斟酌作者字句的轉折，一般人想袂到聯想，佇這本冊隨處攏感受會著，這嘛是真有價值佮特色的所在，咱一般人接近直線的思考模式，毋過月鳳作者，時常有滾躘『跳躍』思考的詩句段落，不時予人有時迷惘、有時喜悅、有時輕鬆、有時嚴肅，到尾仔提升禪修的境界。這本冊一定會當予閱讀的大眾有上蓋好的利益佮料想袂到的收成。

第三單元「桃仔佮阿媽」，媽孫的對話，本成就是天真浪漫、天倫之樂，囡仔的角度予咱轉去無仝國度的世界，囡仔的世界若像咱大人的第十度空間，按個媽孫的對

話，嘛會當予讀者無全的體會，彼款『童言童語』的話語
佮圖畫，已經毋是美術好穗的層次，彼是心靈的對話，凡
勢無輸『畢卡索』藝術家的天份，只是大漢了後，佇咱教
育體制之下，共失栽培。

　　第四單元「月娘的曲盤」，作者引題：「月光炤佇
咱的故事，回憶的唱針一犁過，歲月的水聲，流袂斷。」
簡單四逝短短的文字，系咱進入時空、回想過去的點點滴
滴；予人無限的想像，予讀者看著這本冊，會若像啉茶全
款，有回甘的滋味，彼款因為回甘閣再延伸的感想，一定
會比作者所寫的文字閣較濟。

　　比如第 2 篇「秋天的過路客」尾段的收束按呢寫：
「緣份的來是風聲，去是夢影。經過的跤步聲，像樹椏頂
冷暖的交替。隔壁坵的園仔，雜草愈發愈靠勢，远過四季
跳脫輪迴，……」若詩一般的意境，自然流露。閣再看第
3 篇「陪你向前行」，文章無講蓋長，親情的流露，卻是
有佮人無全的看法，是伊親身付出過的愛心，體驗出來的
經歷，「來，咱閣繼續堅持落去，予昨昏的放蕩佮恥笑，
永遠逐你袂著！」這款的結尾，畫龍點睛，予你回甘的喉
韻，想欲閣再看一改伊的文章。毋通閣講矣，予讀者家己
去體會佮享受。

　　總是這个單元收錄誠濟累積多年以來著獎的作品，
有台灣文學獎、台南文學獎、桃城文學獎、台文戰線、台
江台語文學季刊、阿却賞等等的散文，若像詩句的喉韻，

作者用伊人生的經歷、修持洗練的功夫，好的作品值得流傳，嘛會當提升讀者的心境，看會著這本冊實在有福氣。

啼聲清朗含藏精緻音～
小序翁月鳳詩文集《啼印》

／林央敏

認識《啼印》的作者翁月鳳小姐是在《台文戰線》文學雜誌社十週年的年會暨當年度「台文戰線文學獎」的頒獎會堂上，那該是 2016 年的農曆新正附近，地點在台南驛頭前的台南大飯店。那天柯柏榮先生邀請一位生份的人客來做夥祝賀本社並為我介紹這位芳名楊文嫣的台語詩新秀，又說「楊文嫣」是她的筆名，真名叫翁什麼，因會場人聲滾絞，我沒聽清楚，也不好意思多問。此後，又數度讀到楊文嫣的台語詩，更覺得她果然是新秀，而且也知道她是一個為人故謙、做事認真的人，為了豐富自己，曾多次不辭路程遙遠去學習文學知識。應該沒過多久，我便確知楊文嫣就是翁月鳳了。後來，也在一些文學活動場合與她有所短暫交談，感知她對自己的文學才能帶有一種自知之明的自信心，這種不屬高傲自滿的自信很像我在拙著《第一封信》的自序中說的那種「自我肯定」，我認為這種「自信感」會使一個創作者奮發自勵，勇於突破。果然，不出幾年，翁小姐要出版她的成熟的處女集了。

　　依筆者對翁小姐的淡薄認知，我想這本《啼印》可能是她的第一本文學別集，至少是她投入台語創作以來的第一本台語作品集，全書由四個單元合成，前二個單元都採「台華對照」的白話詩，即每一首詩都有台語版本和華語版本。以下簡單分述其特色：

　　（本文原想以台文書寫，但我的電腦沒下載教育部的台語造字檔及台文輸入法，有些「電腦造字」肯定打不出來，又看本書為「台華對照」，就用中文書寫了。）

　　第一單元題為「阿母的跤印」包括 31 闋俳句型的三行微小品，都採「台上華下」對照。在這一單元中，作者展露她製造文字動態感的詩藝，使一般的敘述句變成富有美感詩意的形象句，也就是文句變詩句。這裡頭，作者擅長運用恰當的動詞或形容詞來修飾被描述的事物，以產生一種很自然的擬人或擬物效果，不會讓人覺得刻意造作，比如她筆下的〈秒針〉已經被賦予生命，而成為一隻踩在時間背脊上的腳，這隻穿著「懸踏仔」（高跟鞋）的長腿猶能以輕盈步伐移動。於是，整首詩化做一個暗喻，把時針、分針和秒針都暗喻為「時間的腳」，其中秒針是驕傲的。

　　說到譬喻，我們比較常見的是詞句式的短喻，但作者的「俳句詩」，大多為全章式長喻，即以較多句子的描述、甚至全詩共構成一個對事態的完整譬喻，上舉〈秒針〉是整首為喻，下闋〈氣話〉也是全詩為喻，作者把

「氣話」暗喻為「磨舌的劍」，專門刺傷你的優點，結果會讓你擔驚受懼，可說準確點出氣話的本質。其他如〈暝〉、〈造話〉（造謠）的喻句也都造得小巧玲瓏。書裡很多這種「長喻」，本文就不多舉了，當然由於這些詩都屬微型小品詩，感覺上它們不像典型的段落式或全章式長喻。

題名「旅途」的第二單元為一般的小品詩共 19 首，各首長短不等，從五行到六十行的都有。這一單元應是本書的主體，也應是作者最看重的部分。筆者覺得在文字題材長年泛濫著風花雪月與一己私情的詩壇中，這裡頭有些較長的小品詩很值得閱讀，其風格尤其異於多數女詩人，因為它們帶有很強的社會性，並非只顧詠懷抒情，而是既抒情又敘事，比如〈望〉詩在作者抒發感觸的同時也描寫孤獨老人與貓的行為動作，就很貼切的表現出住在安養中心的老人心情。又如〈啼印〉在描寫景象之外，也對比正反雙方的法律攻防，含有指斥都市人不應以自己的喜好和價值觀來看待鄉村人與大自然和諧共處的婉曲式批判，這首帶著政治味的社會詩，許多文句仍能寫得詩情美麗，足見作者善用各種譬喻修辭的敏銳想像力。

至於第三單元「桃仔佮阿媽」，包括 20 幅像是幼童的塗鴉畫，並分別配上一帖「看圖小記」和一闋「影像小詩」，這系列作品的手路與調性極似囡仔詩，充滿赤子的純真和童騃的想像。

　　最後第四單元「月娘的曲盤」收錄五篇台語散文。按頁面篇幅看來，詩占全書六分之五的厚度，本書表面上可稱為一本夾帶少許散文的詩集，但按字數看來，書中散文與詩的「重量」旗鼓相當，這裡所謂「重量」是雙關義，一指全部散文的字數並不少於全部詩的字數，兩者的「體重」或「字重」差不多；二指這些散文的重要性相較於前述三卷的小品詩也不分上下，即散文作品所表現出來的內容密度與文字美質絕不輸給詩作。我認為一個詩人的才華或天賦之高低也可以由詩人寫的散文的文字風格見分曉。本單元中的前兩篇〈記持的剪絡仔〉和〈秋天的過路客〉寫得相當好，在鋪陳主題的敘事中，文字散發著美麗的詩意。由此可知作者頗具詩才，能寫文學性很強的「精緻文體」（Fancy Prose）。

　　寫到這裡該擱筆了。翁小姐要我為這本書寫一篇短序時，知道我正忙著別事，很客氣的吩咐說：「請老師揣時間加減想，毋免有壓力抑是了時間，短短仔就好，予我……」我回答我的序文「只能小談貴作，文長為千字左右」，又當本書開始一校時，她還特別叮嚀說：「……（指她的作品有）欠點嘛毋免客氣，我毋是一個干焦愛聽好聽話的人。」可惜！拙文為省篇幅，雖盡量不舉例引述，卻已膨漲一倍，連其他優點都來不及觸及，哪還有餘地再嘮叨什麼「欠點」啊！（**好佳哉！這種歡迎欠點筆點出的態度就是創作者自省、進步的油門，伊會使家己**

踏。）綜觀翁月鳳的詩文，風格明朗，想必她是不以耍弄文字為尚，更不製造晦澀為奧，這種詩觀是健康的。這本詩文集，若要一言以蔽之，便叫「**啼聲清朗含藏精緻音**」。

（2022.10.21 寫於新竹尖石鄉水田森林間）

第
一
單
元

阿母
的跤印

◆

啥人？用我的夢
佇我的心唰應聲
三言講天地
兩語話世情

01
風吹（台文）

講阮風梯拄天猶嫌低

講阮欲望無邊跤尾直直躡

空中的傀儡　手中飛

風箏（華文）

說我 風梯抵天仍嫌低

說我 欲求無邊直踮腳

空中的傀儡呀！手中飛

拄：tú，抵住。　　　　　　躡：neh/nih，踮腳。
猶：iáu，還。

02
手指（台文）

千金萬銀難換璇石心

問幸福：五指山跤的咒誓

敢是愛情的圈套？

戒指（華文）

千金萬銀難換鑽石心

問幸福：五指山下的誓言

是否，是愛情的圈套？

璇石：suān-tsi̍oh，鑽石。

03

露螺（台文）

一滴月娘的目屎做厝徛

欲閃鄉愁使雄勢

套房坦欹變夯枷

蝸牛（華文）

一滴月兒的眼淚當家徛

急閃鄉愁

小窩傾成項上枷

徛：khiā，住，居住。　　夯：giâ，扛。
坦欹：thán-khi，傾斜。

04
紅包（台文）

二九暝收著的批信

有強光

照佇面反射出歡喜

紅包（華文）

除夕夜收到的信

有強光

照在臉上反射出高興

05
秒針（台文）

穿懸屐仔

踮時間的尻脊陵踅跤步

驕傲的跤

秒針（華文）

穿高跟鞋

在時間的脊背上踩步伐

驕傲的腳

懸屐仔：kuân-kiàh-á，高跟鞋。　　　踅跤步：tsàm-kha-pōo，用力踏步。
尻脊陵：kha-tsiah-niā，指龍骨，
　　　　背部隆起的骨頭。

06
氣話（台文）

磨舌做劍

刜你的好

予你驚

氣話（華文）

磨舌鑄劍

胡亂地揮砍你的好

讓你害怕

刜：phut，用刀胡亂地砍。　｜　予：hōo，讓，使，給。

07
武漢（台文）

一張出生證明

妖魔鬼怪有戶籍

天堂變地獄

——2020.6《台客詩刊》第 21 期

武漢（華文）

一張出生證明

妖魔鬼怪有戶籍

天堂變地獄

08
新冠病毒（台文）

鬼王出巡欲選妃

逐家走敢若飛

甘願出家食菜

新冠病毒（華文）

鬼王出巡要選妃

大家爭相飛奔逃離

寧願去出家吃素

| 逐家：ták-ke，大家。 | 敢若：ká-ná，好像。 |

09

喙罨（台文）

一間牢房

鼻佮喙關同齊

目睭做守衛

——2020.6《台客詩刊》第 21 期

口罩（華文）

一間牢房

鼻和嘴關在一起

眼睛當守衛

喙罨：tshuì-am，口罩。　　同齊：tâng-tsê，同時一起。
佮：kap，和、及、與。　　目睭：ba̍k-tsiu，眼睛。

10
隔離（台文）

將身軀佮自由

交予時間的捕快

張閻君的抓耙仔

——2020.6《台客詩刊》第 21 期

隔離（華文）

將身體和自由

交給時間的捕快

暗中守候閻羅王的眼線

張：tng，伺機、守候。　　　　抓耙仔：jiàu-pê-á，指通風報信的
閻君：Giâm-kun，閻羅、閻羅王。　　　　　人。

11
出芽（台文）

天，足懸的

種子

共梯攑出來

發芽（華文）

天，好高呀！

種子

拿出了梯

出芽：tshut-gê，發芽。　　　共：kā，把、將。
足懸：tsiok-kuân，很高。

12
鏡（台文）

面對面

會當借腹生囝

夢的子宮

——2020.4.《臺灣教會公報》第 3556 期

鏡（華文）

面對面

能夠借腹生子的

夢的子宮

會當：ē-tàng，可以、能夠、做得到。　　囝：kiánn，小孩。

13
思念（台文）

偷穿貓的鞋

輕冏的跤步像雲過月

踅伊夢中的大街小巷

——2020.4《臺灣教會公報》第 3556 期

思念（華文）

偷穿貓的鞋

輕盈的腳步似雲拂月

逛他夢中的大街小巷

輕冏：khin-báng，形容非常輕。　｜　踅：sèh，來回走動、逛、繞。

14
樹影（台文）

風傱過樹

交落規塗跤

呯噗踩的心

樹影（華文）

風奔穿過樹

怦然的心

掉滿地

傱過：tsông--kuè，慌亂地跑過去。　　呯噗踩：phih-phòk-tsháinn，形容思
交落：ka-láuh，掉下。　　　　　　　　緒慌亂時的心跳。

15

暝（台文）

烏翼長尾

那飛尾那短

欲死放一粒光的卵

夜（華文）

黑翅長尾

尾巴隨著飛行消逝

死前產下一顆光的卵

那：ná，一邊……一邊。

16
造話（台文）

上驚聽著風的跤步聲

風，會假鬼假怪

害影大肚閣生囝

造謠（華文）

最怕聽到風的腳步聲

風，會裝神弄鬼

害影子懷孕生子

造話：tsō-uē，造謠。無中生有、捏造不實的言詞。

17
欲望（台文）

來是匪，走像風

拍獵的人

看著伊一身的金銀

欲望（華文）

來是匪，去像風

打獵的人

看見他滿身的金銀

18
日出（台文）

死目毋願瞌的夕陽

棺柴內

傳後嗣

——2022.9《台灣教會公報》第 3681 期

日出（華文）

死不瞑目的夕陽

棺柴裡

產子

死目毋願瞌：sí ba̍k m̄ guān kheh，死不瞑目。	後嗣：hiō-sū，後代子孫。

19
金剛經（台文）

認捌仿仔物

細枝矸仔摃破會變宇宙

心的使用說明書。

金剛經（華文）

認識仿冒品

小瓶子打破會變成宇宙

心的使用說明書

捌：bat，認識。 仿仔：hóng-á，仿製的、非原產 　的，假的。	矸仔：kan-á，瓶子。 摃破：kòng phuà，打破。

20
救護車出勤（台文）

無常的臭羶

激出

立秋的火箭

救護車出勤（華文）

無常的腥味

激出

立秋的火箭

臭羶：tshàu-hiàn，腥味。

21
日誌（台文）

累積的未來

是一工一頁

時間的訃音

日誌（華文）

累積的未來

是一天一頁

時間的訃聞

一工：tsit kang，一天、一日。　訃音：hù-im，訃告、訃聞。

22

虹（台文）

雲塗種花無經驗

用雨沃欉花毋圓

出日花面開半爿

彩虹（華文）

雲土種花沒經驗

用雨澆根莖，花兒拒絕開得圓

太陽出來，花兒只給出半張臉

塗：thôo，泥土、土壤。
沃：ak，澆、淋。

毋：m̄，表示否定，不、不要、
　　不想。
半爿：puànn pîng，半邊。

23
原諒（台文）

火咧相拍

善良做公親

共緣惜惜

原諒（華文）

火在打架

善良來調停

把緣疼惜

相拍：sio-phah，打架、互相鬥毆。　　閣：koh，又、再、還。
公親：kong-tshin，調解、勸合的　　共：kā，給。跟、向。把、將。
　　　人。

24
劇本（台文）

用夢的腔口

寫切片的人生，予演員

共假搬做真的戲文

劇本（華文）

用夢的腔調

寫切片的人生，讓演員

把假演成真

腔口：khiunn-kháu，口音、腔調。　搬：puann，演出、演戲。
共：kā，把、將。

25
貪（台文）

唌人的

好食款的

苦澀的蜜

貪（華文）

誘人的

看起來美味的

苦澀的蜜

唌人：siânn--lâng，引誘人。　　　款：khuán，……的樣子。

26
笑容（台文）

罩雺的所在

鐘聲挵著光

開出心的花

笑容（華文）

霧籠之處

鐘聲撞到光

開出心的花

罩雺：tà-bông，起霧。　　　挵著：lòng--tio̍h，撞到。

27
閃電（台文）

失去樹身

悲傷 kng-phiāng-phiāng，白鑠鑠

流浪的樹根

閃電（華文）

失去樹幹

悲傷亮晃晃且潔白鮮明

流浪的樹根

---

kng-phiāng-phiāng：形容炫目耀眼　　白鑠鑠：pèh-siak-siak，白晃晃。形
　　　　的光亮。　　　　　　　　　　　　　容很白的樣子。

28
蛇（台文）

世路坎坷身拖磨

賣跤賣手換得水裂裟

雲遊四海溜溜行

蛇（華文）

世路坎坷身拖磨

變賣手腳換取一件水裂裟

雲遊四海暢行無阻

跤：kha，腿、足。

29

囚 (台文)

命落落運的喙

孤單浸佇時間

發酵

囚 (華文)

命掉進運的嘴內

孤單泡在時間裡

發酵

喙：tshuì，嘴巴、口。　　　佇：tī，在。
落落：lak--lóh，掉落、掉進。

30
剷草（台文）

块埃娶某無人知

淏根傳種占土地

路見不平是鋤頭

除草（華文）

灰塵娶妻無人知

絮根繁衍占土地

路見不平是鋤頭

剷草：thuánn-tsháu，用鋤頭剷除
雜草。

块埃：ing-ia，灰塵、塵埃。

31
告別式（台文）

一張相片坐大位

花芳香芳來相送

陰陽對看目𥍉紅

告別式（華文）

一張相片坐大位

花與香的香味來送別

陰陽對望紅了眼眶

目𥍉：bák-khoo，眼眶。

旅途

◆

暝留戀的所在
天星對我咧 nih 目
我學 in 爍咧爍咧
風景予我弄笑
天，也光

32
收音機（台文）

彼个阿伯有一个伴
Gâu 講話愛唸歌常在黏踮伊的手盤
燒烙伊的心肝予目尾牽電線

彼个伴
親像是一條快樂的溪
滿載日頭的祝福
流迴過寂寞佮孤單　　飛出
春天

彼个伴，古錐古錐
毋是媚姑娘仔嘛毋是貓咪
是一个舞台
人生的戲齣對遛過
是一間時間的當店
用耳空會當贖輕鬆

看著阿伯又閣文文仔笑矣
敢是有人當咧對伊講笑詼？

敢是幸福予伊拎咧手內底？

人物紹介

這个阿伯，是安養中心的老人。伊每工，攏家己一个人，共輪椅揀去大門口，坐佇遐聽收音機。伊戴棒球帽仔，掛烏仁目鏡，穿皮鞋，伊飄撇的模樣，親像咧約會。

gâu：擅長。	笑詼：tshiò-khue，笑話。
燒烙：sio-lō，溫暖、暖和。	拎：gīm，把東西緊緊地握在手中。
迵：thàng，通達、穿透。	

收音機（華文）

那個阿伯有個伴
說話了得會唱歌時常黏在他的手心裡
溫暖他的心讓他的眼尾牽電線

那個伴
像快樂的小溪，載滿陽光的祝福
流過寂寞與孤單　飛出
春天

那個伴，玲瓏可愛
不是嬌俏的小姑娘也不是傻貓咪
是個舞台
人生的戲劇打那兒過
是時間的當舖
典當耳朵可以贖回輕鬆

看那阿伯又微微地笑了
是不是有人正對著他說笑？
是不是幸福被他握在手心裡？

33
夕陽（台文）

黃昏的天壁

敢若佗跡有破空？

光影漸漸變換

用流失坐清美麗

彼粒時間種作的椪柑

已經到分頕落來

伸手欲共挽

隨鑙落海底藏

辭枝的蒂頭

煞拗佇我的思念

——2020.5《海翁台語文學》第 221 期

敢若：ká-ná，好像、似乎。	頕：tàm，低垂。
坐清：tsē-tshing，澄清、沉澱。	鑙：bùn，鑽。
到分：kàu-hun，成熟。	拗：khê，卡住。

夕陽（華文）

黃昏的天壁
彷彿哪兒有破洞？
光影緩緩地變換
用流失沉澱美麗

那顆時間栽種的柑橘
已熟透低垂
想伸手摘取
卻瞬間鑽入海底
留下的果蒂
恰巧懸掛在我的思念

34
傷（台文）

安葬目屎的所在
記持去抾骨
蔭身的疼
軁出一隻毛蟹
刺夯夯

——2021.2《台客詩刊》第 23 期

傷（華文）

安葬眼淚的地方
記憶去撿骨
沒有腐爛的痛
鑽出一隻螃蟹
兇巴巴

抾骨：khioh-kut，撿骨。
蔭身：im-sin，人死後身體沒有腐爛。

軁出：nǹg tshut，鑽出。
刺夯夯：tshì-giâ-giâ，指帶有怒氣的兇。

35
失算（台文）

你的邀請

親像春雷無張持佇秋涼霆聲

心內歡喜又驚惶

用假仙的閉思共你拒絕

你順勢就準煞

唉！千不該萬不該

學人用推辭

做司奶

——2021.2《台客詩刊》第 23 期

無張持：bô-tiunn-tî，突然、冷不防。	閉思：pì-sù，個性內向、害羞、靦腆。
佇：tī，在。	共你：kā lí，對你、向你。
霆：tân，鳴響。	就準煞：tō tsún suah，就這樣算了。
假仙：ké-sian，假裝、裝蒜。	司奶：sai-nai，撒嬌。

失算（華文）

你的邀請
像秋涼裡猛然響起的春雷
讓我歡喜又不安

答你偽飾過的矜持
沒料到
你順勢就作罷
唉！千不該萬不該
學別人用拒絕
當做撒嬌

36
看伊寫的故事（台文）
—— 小城綾子月落胭脂巷

風靜靜
月光鋪佇稀微，描出夢
我愈行愈深
行入心的上內面

時間靜靜
歇佇昨昏的感情，有的
偷偷仔展開翼
飛向你指頭仔指的彼爿

風靜靜
時間靜靜
我的心
有海湧

上內面：siōng lāi-bīn，最裡面、最　　彼爿：hit pîng，那邊。
　　　　深處。

看她寫的故事（華文）

——小城綾子月落胭脂巷

風靜靜
月光舖在寂寥，描出夢
我越走越深
走入心的最裡層

時間靜靜
歇止在昨日的感情，有些
悄悄展開翅膀
飛向你指的那邊

風靜靜
時間靜靜
我的心
有浪翻騰

37
阿里山咧唱育囡仔歌（台語）

細細隻的山粟鳥仔
予「強欲絕種」的譀鏡放大
啾。啾。啾……
電線頂的伊叫聲稀微
宛然是悲傷的歌交落的尾音
回響佇世界上深的靜

飛呀飛，伊柑仔紅的羽毛
若像隨時會化去的火星用性命咧爍

火車駛入阿里山的春天
櫻花的紅豔佮雪白沿路嗞，目睭內窒滇滇
有溫柔的育囡仔歌響山坪，你敢有斟酌聽？
彼條歌，像阿母的手會惜惜
彼條歌，像日照樹林光放根

阿里山有篤的胸坎
欲做山粟鳥仔上溫暖的兜
樹身設箱岫，風過雨過驚惶攏袂留

安穩小小的父母心一岫再一岫
塗跤做飯桌三頓有米糠
毋予殘留的農藥坉落 in 的枵肚
毋予鳥網仔內的掣動標記稻穗的金黃

後一个春天，咱相招
來去阿里山看 sa-khu-lah
來去聽阿里山唱育囡仔歌
彼條歌，像阿母的手會惜惜
彼條歌，像日照樹林光放根

粟鳥仔：tshik-tsiáu-á，麻雀。	有箍：tīng-tauh，堅實。
諏鏡：hàm-kiànn，放大鏡。	兜：tau，家、居住所。
交落：ka-lauh，丟失、遺落。	攏袂留：lóng bē lâu，全都不會存
柑仔：kam-á，橘子。	留。
化去：hua--khì，熄滅。	坉：thūn，填平。
唌：siânn，引誘。	枵肚：iau tóo，饑餓的肚子。
窒滇滇：that tīnn-tīnn，塞滿滿。	掣：tshuah，發抖、害怕。
斟酌：tsim-tsiok，注意、仔細。	sa-khu-lah：櫻花。

阿里山在唱搖籃歌（華文）

小小的山麻雀
被「瀕臨絕種」的放大鏡放大
啾。啾。啾……
電桿線上的牠鳴聲悽悽
彷彿是悲歌遺落的尾音
回響在世界最深的靜

飛呀飛，那橘紅的羽毛
像隨時會熄滅的小火焰用盡生命在閃爍

火車開進阿里山的春天
櫻花紅豔又透白沿山綻，綻入眼裡又溢滿
溫柔的搖籃曲響徹山坡，你聽到了嗎？
那歌兒像母親的手滿是疼惜
那歌兒像日照樹林光會伸根

阿里山硬實的胸膛
想成為山麻雀最溫暖的家
樹身的箱巢，風過雨過驚惶不停留
安穩小小的父母心一巢再一巢

三餐有米糠大地是餐桌
不讓殘留的農藥填入飢餓的腹腸
不讓捕網裡的顫慄標記稻穗的金黃

下一個春天，我們相約
去阿里山賞櫻
去聽阿里山哼唱搖籃歌
那歌兒像母親的手滿是疼惜
那歌兒像日照樹林光會伸根

38
毋通認輸（台文）

有拋荒的田地，無拋荒的欲望
生存的競爭，無所不在

彼坵園，是樹仔興旺的家
大欉的雕甲虎豹獅象架勢十足
細欉的種規排等大漢　乖乖
每一欉的風采攏是主人的疼愛佮期待

看顧的手愈來愈疏……
離開的背影，彈出季節交替的銃聲
樹仔恬恬
釘深根，共性命線牽長牽絚

覕佇塗底的草子相爭出芽，迄的草藤

拋荒：pha-hng，田地棄耕、任意荒廢。	恬恬：tiām-tiām，靜靜。
	絚：ân，緊、嚴密，不放鬆。
雕甲：tiau kah，彎折到……的地步。	覕：bih，躲、藏。
大漢：tuā-hàn，長大。	迄的：hia--ê，那些。

像風的膨紗線，旋出來佮時間咧走相逐
樹仔尾懸低參差坎坎坷坷
草藤腰骨放軟纏盤涼勢涼勢
意念的塗肉無躊躇無阻礙無邊界
超越、積極、軁鑽，啥人比藤較利？

靈魂的引毛敢若被召見被聽候彼一般
草藤日夜捕掠勇者的意象創造運命
前進學水淹翻頭會造景，迒過禮，遮走樹的天
觸纏，是強欺弱
觸纏，是猛欲做慢的娘嬭

悲喜相載，敢是命運共渡的宿題？
草藤的奢颺拗蠻樹仔向天的志氣
可比真相受壓制，只有吞忍
吞忍是逆境上愛投靠的力量

好親像有聽著，鬧熱的

走相逐：tsáu-sio-jiok，賽跑。
坎坎坷坷：khám-khám-khiàt-khiàt，
　　　　　坎坷。形容道路崎嶇
　　　　　不平，不好走。
涼勢：liâng-sè，輕鬆自在的樣子。
塗肉：thôo-bah，泥土、土壤。
軁鑽：nǹg-tsǹg，鑽營。

引毛：ín-tshuā，帶領、引導。
迒過：hānn--kuè，跨過、越過。
觸纏：tak-tînn，爭鬥糾纏。
娘嬭：niû-lé，母親、媽媽。
奢颺：tshia-iānn，大排場、大派頭。
拗蠻：áu-bân，蠻橫無理。

鼓聲炮聲，佮讚嘆的嘆仔聲
敢是夢的岸自動會徙來倚？
樹仔擔頭一看
規坵園仔花開若雪
幼幼白白古錐閣點朱砂
袂輸新娘的頭紗罩四界
是雞屎藤的春天佇咧做度晬！

樹仔瞪力，欲共草藤的得意掌懸掌櫳
予日頭將光的地毯
對東爿山舖來甲伊的跤後蹬

徙：suá，移動。
度晬：tōo-tsè，嬰兒過週歲生日。
瞪力：tènn-la̍t，用力、使力。
掌懸掌櫳：thènn kuân thènn lang，
　　　　　撐高撐稀疏。

甲：kah，到……的地步。
跤後蹬：kha-āu-tenn，腳跟、腳後
　　　　跟。腳掌的後部。

不要認輸（華文）

有荒蕪的田地，沒有荒蕪的欲望
生存的競爭，無所不在

那塊園圃，是樹興旺的家
大棵的雕塑得如虎豹獅象架勢十足
小株的種整排等長大，乖乖
每一株的風采都是主人的疼愛和期待

看顧的手越來越疏遠……
離開的背影，擊出季節交替的槍聲
樹靜靜的
根紮深，將生命線伸長抓牢

藏匿在泥土裡的種子爭相發芽，那些藤蔓
像風的毛線，伸出來和時間競足奔走
在高低參差不齊的樹梢
蔓藤腰肢放軟輕鬆盤繞
意念的國境無躊躇無阻礙無邊界
超越、積極、鑽營，有誰比得過藤的能耐？

靈魂的帶領引導彷彿被召喚被等候

藤日夜捕掠勇者的意象創造命運
前進學水的淹漫回程如造景，跨過禮，遮蔽樹的天
糾纏，是強欺弱
糾纏，是快凌慢

悲喜相載，難道是命運共渡的命題？
藤的派頭蠻橫樹向天的志氣
好比真相受壓制，只有忍耐
忍耐是逆境最愛投靠的力量

似乎有聽到，熱鬧的
鼓聲鞭炮聲，和讚嘆的掌聲
是夢的岸自動移動靠來嗎？
樹抬頭望
滿園花開似雪
細細白白可愛又點朱砂
有如四處舖滿了新娘的罩紗
是雞屎藤的春天週歲了！

樹使力，想把藤的得意撐高撐疏
讓太陽將光的地毯
從東邊的山舖來它的腳後跟

39
彼首點播的歌（台文）

絃仔的哀怨
將「戀戀沙崙站」挨出去收音機
交予點歌的人

（你將感情欲放空　叫阮閣再揣別人……）
時間相拍電彼一日
速度被拗折的機車
抨去挵山壁，人閣倒彈去觸公車
歪去的車輪歪去的風景歪去的山
路對你的目尾斜到我的感情線

偏差的價值觀開光點眼的青春
青紅燈爍倒反，放蕩的你
烏道走跳攑銃做 a ni khi（大哥）
父母責備目睭擘無金，箍仔枝疼惜罕見面

絃仔：hiân-á，二胡。	挵：lòng，碰撞。
相拍電：sio-phah-tiān，電線短路。	觸：tak，兩獸的角相抵觸。
拗折：áu-tsih，折斷。	擘無金：peh bô kim，沒有睜亮。
抨：phiann，用力摔。	

跤步踏差命運隔咱用長籬
自由無內外，刑期是雙生

（思念予人走西東　千里迢迢也甘願……）
紮我種的玫瑰來去看你
幔佇透早的暗，是暝誠懇的相辭
跤伐向前天隨綴咧轉清
落南的列車像夢箭射迵人生　鑿你覺醒
倚踮車窗想你
窗仔外的風景倒退走，貫出一捾我憂愁的面
遐的幼幼的希望遐的冷冷的天氣
積佇心肝頭滾絞做海湧溢來目墘
車已入站
海過的心情袂當予你看見

沙崙站四邊樹仔青青花滿欉
黃花紅花媠無全，小路尾是有你的鐵窗
撨無角度予笑容伸勻安全

箠仔枝：tshuê-á-ki，竹枝、竹條。	射迵：siā thàng，射穿。
閘：tsàh，攔阻。	鑿：tshàk，刺、扎。
紮：tsah，攜帶。	踮：tiàm，在……。
幔：mua，手臂搭在別人肩膀上。	一捾：tsit kuānn，一串。
相辭：sio-sî，告別。	遐的：hia--ê，那些。
伐：huáh，邁開步伐地走。	袂當：bē-tàng，不行、不能夠。
綴咧：tuè leh，跟著。	

短短的相見

想欲送你故鄉的春天

（大岡山也真迷人　送阮離開高鐵站……）

思念是保重的種子

春秋掖落，月月年年攏齊開

一車一車載來沙崙站

贖你轉去

歌已播煞故事招毋轉去收音機

因為聽歌的人猶坐佇落南的車幫

因為車窗的冬風猶繼續咧生冷

遐有一隻鳥仔揣無岫

翼仔直直撆

佇咧向幸福求愛

歌的故事

這首歌是捌任職台南監獄管理員的黃聰典老師所譜寫的真實的故事。描述黑道大哥因為刑期傷長，希望伊的女朋友毋通為伊浪費青春，毋過，女方猶原堅持毋放棄。
歌曲優美感動人，是一首常在被點播的歌。

無仝：bô-kāng/bô-kâng，不一樣。｜揣無岫：tshuē bô siū，找不到鳥巢。
撨：tshiâu，挪移調整。｜撆：iát，搧動。
伸勼：tshun-kiu，伸縮。｜佇咧：tī-leh，在、正在。

那首點播的歌（華文）

二胡的哀怨
把「戀戀沙崙站」拉出收音機
交給點歌的人

（你將感情要放空　叫我再去找別人……）
時間短路的那一天
速度被折斷的機車
摔去撞山壁，人又彈去觸抵公車
歪去的車輪歪去的風景歪去的山
路從你的眼尾斜滑到我的感情線
偏差的價值觀開光點眼的青春
紅綠燈反向閃爍，放蕩的你
黑道闖蕩持槍做大哥
父母責備沒有睜亮眼，籐條鞭打阻止見面
腳步踏錯命運用長籬阻隔我們
自由無內外，刑期是雙生

（思念讓人走西東　千里迢迢也甘願……）
帶我種的玫瑰去看你
搭在黎明上的暗，是夜誠懇的告別

腳步一向前跨，天色跟著透明

南下列車像夢箭射穿人生　刺你覺醒

靠在車窗想你

窗外的風景倒著走，串出一長串我憂愁的臉

那些細碎的希望那些冷冷的天氣

積累在心頭翻湧成浪，漫上眼眶

車已入站

酸楚的心不能讓你察覺

沙崙站四周青翠的樹木開滿了花朵

黃的紅的各有各的美，小路的盡頭是有你的鐵窗

調整不了好角度讓嘴角的笑伸縮安全自然

短暫的相見

想送你故鄉的春天

（大岡山也真迷人　送我離開高鐵站……）

思念是保重的種子

春秋撒落，月月年年花齊開

我把花兒一車車載來高鐵站

贖你回家

歌已播畢，故事邀不回收音機

因為聽歌的人還坐在南下的列車裡

因為車窗外的冬風仍冷冽

那兒有隻鳥兒找不到巢
翅膀不斷地搧著，搧著
不斷地，向幸福求愛

40
初八彼一工（台文）

天公生的歡喜
共香客的跤步吸倚來，成做鬧熱
來自四方的祈求
有香煙的白梯運向天庭
光明接收

天公廟前唯一的通巷
賣金銀紙的，今仔日
愈暗生理愈交易
倚佇視線的下面
坐一排乞食，in 嘛咧顧擔
in 振動的希望，佇輕鬆的開講內
雖然散窮的運命像歹銅舊錫
天公的疼惜，樂暢的心感覺會著

伊慢來一步，好位已經無份

天公生：Thinn-kong-senn，俗稱玉皇大帝的誕辰。	交易：ka-iảh，指生意興隆的樣子。 樂暢：lȯk-thiòng，歡喜、愉快。

勉強佇栽樹仔的坩仔邊揣著一跡
賺食家私先囥咧，拄欲跍落警員隨到
「毋通蹛遮分，歹看！」

佇神的面前，佇人的面前
伊的貧賤，無講無呾
開一蕊鬼仔花
穢涗穢涗

花佇伊的心一直吐芳
彼的氣味，親像
悲哀淡開

┌ 詩的故事 ～～～～～～～～～～～～～～～
去台南天公壇拜拜，看著辛酸的這一幕。
└～～～～～～～～～～～～～～～～～～～～

花坩仔：hue khann-á，花盆。
揣著一跡：tshuē tiòh tsit jiah，找到一處。
囥咧：khǹg--leh，放著。
拄欲跍落：tú beh khû--lòh，剛要蹲下。

毋通：m̄-thang，不可以、不要。
蹛遮：tuà tsia，在這裡。
分：pun，乞討。
無講無呾：bô-kóng-bô-tànn，不動聲色、不聲不響。
穢涗：uè-suè，汙穢。髒亂、噁心。

初八那一天（華文）

玉皇大帝誕辰的歡喜
把香客的腳步吸引來，成為熱鬧
來自四方的祈求
有香煙的白梯運向天庭
光明接收

天壇前唯一的巷弄
賣紙錢的，今天
越晚生意越興隆
沿著視線下方
坐著一排乞丐，他們也像在擺攤
在他們輕鬆的交談裡，有希望在顫動
雖然貧窮的命運像破銅爛鐵
老天爺的疼惜，樂觀的心感覺得到

他遲來一步，好位置已被佔光
種樹的花盆邊勉強找了一處
賺錢的用具先擺下，才要蹲下警察就來了
「不要在這裡乞討，難看！」

在神的面前，在人的面前
他的貧賤，不知何時
不聲不響地開了朵鬼之花
汙穢不潔

花朵在他心間不斷漫出芬芳
那氣味，像
悲哀散開

41
風颱（台文）

有手，咧掀揣物件
遐的冇心、荏底的
予擗甲滿四界

樹仔紡出車輪聲
對心一直軋

——2022.9《台灣教會公報》第 3681 期

遐的：hia--ê，那些。	荏底：lám-té，形容虛弱的體質。
冇心：phànn-sim，鬆軟、結構不紮實。	擗：khian，投擲、扔。
	紡：pháng，轉動。

颱風（華文）

有手，在掀找東西
那些不紮實的、鬆軟的
被扔擲滿地

樹織紡出車輪聲
往心一直輾

42
風咧吹（台文）

彼首愛聽的歌
予風吹散

音符變做
一捆一捆的數念
一束一束的花蕊
隨風搖弄

我綴咧踅來踅去
親像
泅佇夢中的魚

數念：siàu-liām，想念、掛念、懷　踅：sėh，來回走動、繞行。
念。

風在吹（華文）

那首愛聽的歌
被風吹散

音符變成
一捆捆的想念
一束束的花朵
隨風擺動

我跟著繞來繞去
好像
洄游夢中的魚

43
望（台文）

揣無步來安搭暝的寒

舊岫的氣味　共我揀遠遠

遠遠……佮天光掩咯雞的所在

暗毿的

是荏身的堅強

抑是棺柴為我擘開開的喙？

淺眠的時間

定定予目一瞘拍醒

閣一伐

就毋免人來陪

越頭看春天的路

彼時的幸福，躓佇希望

揣：tshuē，找。	掩咯雞：ng-kók-ke，捉迷藏。
安搭：an-tah，安頓、安撫。	暗毿：àm-sàm，形容地方陰森森。
共：kā，把、將。	荏身：lám-sin，形容身體虛弱。
揀：sak，推。	擘開開：peh-khui-khui，指把口張
	得大大的。

承擔佮付出是愛的雙跤
甘願做天地間上溫柔彼條脈
對懸山流接大海，管待伊
汗佮雨嘛欲來行做陣，管待伊
戀，是唯一的收成佮志氣

辛苦，常在有歡喜來跟綴
春天的記持是一隻貓
勢司奶咻就來
春天的記持是一蕊花
有蜜的倉庫虹的色水

用零下一百度的笑容
呵咾冬天 gàn 的氣魄

蹛佇這个所在
輪椅是隨人的家伙
厝內人會當來行踏的過畫，時常
踮頭前門學風吹躡跤尾
一擺閣一擺，一擺閣一擺……

跟綴：kin-tuè，跟隨。　　　　　呵咾：o-ló，讚美、表揚。
司奶：sai-nai，撒嬌。　　　　　gàn：凍、冰冷。
色水：sik-tsuí，顏色。

毋驚風笑我是——
有白內障的千里眼

分開若是引誘的釣餌
數念就是一隻紅狗蟻
叮佇討扒的疼
分開若是引誘的釣餌
數念就是一枝鋤頭
仙掘攏掘無囝喝阿母的聲

眠床是我的船
目若瞌就出海
掖早前網未來
祈求平安，無風無湧
今仔日的我，已經
泅袂轉去昨昏的咱

厝內的鼎灶埕斗的日頭
熟似的厝邊兜

毋驚：m̄-kiann，不怕、不畏縮、
　　　不膽怯。
數念：siàu-liām，想念、掛念、懷
　　　念。

仙：sian，無論怎樣都不⋯⋯。
瞌：kheh，眼皮闔起來。
掖：iā，撒。
昨昏：tsa-hng，昨天。

有發翼的攏放予伊去飛

想欲問風一句話：

兩蕊冬節的目睭，敢換有一粒中秋的月？

創作緣起

佇安養中心看著一个老母，等無伊的囡仔來共看，失落的
心神像蔫去的花，予我誠毋甘。

——2020.1 第七屆台文戰線文學獎台語現代詩頭等

——2020.1《台文戰線》第 57 期

望（華文）

找不到法子來安撫夜的寒
舊巢的氣味，把我推得遠遠的
遠遠的……和黎明捉迷藏的地方
陰暗的
是柔弱的堅強？
還是，棺柴為我張開的嘴呢？

半睡半醒的時間裡
常常
讓一眨眼的感覺給驚醒
再往前跨一步
就不用人來陪了
回望春天的路
那時的幸福，住在希望裡
承擔與付出，是愛的雙足
甘心成為天地間，那條最溫柔的脈搏
從高山流接大海，不去管
汗水和雨也來湊熱鬧，不去管
傻，是唯一的收成與志氣

辛苦，總是有歡喜來跟隨
春天的記憶是一隻貓
擅撒嬌，一喊就來
春天的記憶是一朵花
有蜜的倉庫和虹的色彩

用零下一百度的笑容
誇讚冬凜列的氣魄

住在這兒
輪椅是各自的家當
家人可以來探望的午後，時常
像風箏樣地，踮起腳尖
一次又一次，一次又一次
不怕風笑我是——
有白內障的千里眼

分離若是引誘的釣餌
惦念就是一隻紅螞蟻
叮咬在想抓的痛
分離若是引誘的釣餌
惦念就是一枝鋤頭
怎麼掘
也掘不到子喚母的聲音

床，是我的船
閉眼就出航
拋撒舊時光，網羅未來
祈求平安，無風無浪
今日的我，已
泅不回往日的我們
家中的鍋爐，庭院的陽光
熟識的鄰居
凡長出翅膀的都放飛了吧！
只想問風：兩顆冬至的眼
是否，換得了一顆中秋圓月？

44
愛是勇氣的後頭厝（台文）
——送予用客家花布圓讀冊夢的曾林美惠

佇聽會著囡仔咧吼的彼間厝

夜色接走一仙透明的影

流星剺過天的烏腹肚

夢搐一下

勾入去冊包仔內

針車節力聊聊仔踏

針線學行，跤步有時仔緊緊有時仔驚驚

佇看無盡尾的路來來去去

揣拍無去的物件，揣運命未來的身世

布的世界

敢有愛唱歌的溪佮青翠的山脈？

心無來應聲

囡仔咧吼：gín-á teh háu，小孩在哭。	聊聊仔：liâu-liâu-á，慢慢地、謹慎小心地。
剺過：lèh--kuè，劃過。	緊：kín，快、快速。
搐：tiuh，抽搐、抽痛。	揣：tshuē，尋找。

只有 14 歲的肩胛
清醒的困苦佮堅強咧相對看

針車一直踏像駛牛犁
布的塗肉由在伊犁溝做稿轉彎踅角
犁一逝阿爸袂閣操煩
犁一逝小弟小妹乖乖嫯（gâu）大
犁甲雲跁落塗跤變做白翎鷥一隻一隻

迷失佇百花陣的季節放棄了輪迴
針線行踏的小路，彼年新娘偷揜的
期待，是靈感的產婆
掌聲刺繡的禮服　有迷人的
牡丹大範桐花雅氣　是扭掠的
舊遺憾生出新滿足
猶有
花布裁做璇石皮是上伶俐的步數
喜氣的綵球鼓仔燈摸懸燈會的讚嘆
宛然是梳妝媠媠的元宵月娘欲出嫁

成就是夢的鬧鐘仔，佇冊包仔內咧鈃（giang）

由在：iû-tsāi，隨便、任憑。	璇石：suān-tsiòh，鑽石。
偷揜：thau-iap，偷藏、隱匿。	摸懸：giú kuân，拉高。
大範：tuā-pān，大方。	媠：súi，漂亮、美麗。
扭掠：liú-liàh，動作敏捷。	

花蕊的光影疊印性命跤跡記錄奮鬥的視野
出色的論文是 76 歲的勇氣

慈愛的心是燒烙的水泉
伊的布內有藏一座海，針車是水搰仔
車針探入布汲線的水出來，密密流
濕峇必裂的田，叫醒希望發芽抽枝
流成溪，柔軟的琴弦毋驚石頭閘路彈
清涼的節奏跙（tshū）過山佮山的流籠　滑出
圓輾輾的鳥仔聲

人物紹介

曾林美惠女士，國小畢業無偌久，就失去老母。14 歲去學做裁縫，共老爸鬥趁錢維持家庭，代替老母照顧小弟小妹。後來，有機緣接觸花布創作，累積真濟有特色的作品。並且以自身花布創作歷程研究，通過碩士論文口試，申請研究所的機會，順利佇 70 幾歲完成碩士學位。毋但按呢，閣用伊的熱情佮專業，教裁縫的技術輔導弱勢創業。伊為家庭為社會付出的精神，使人尊敬。

——2020 苗栗縣第 23 屆夢花文學獎母語文學佳作

燒烙：sio-lō。	峇：bā，密合。
水搰仔：tsuí-hiáp-á，用手上下搖的抽水機。	跙流籠：tshū liû-lông，溜滑梯。

愛是勇氣的娘家（華文）
——送給用客家花布圓讀書夢的曾林美惠

在聽得見小孩哭聲的那間屋子
夜色接走一個透明的影子
流星劃過天漆黑的肚皮
夢，抽搐了一下
縮進書包

小心翼翼地踩踏針車
學走路的針線，步伐時而飛快時而謹慎緩慢
在看不到盡頭的路上來來回回
尋找遺失的物品，探索命運未來的身世
布的世界
是否有愛唱歌的溪流，和青翠的山脈？
心，不給回聲
十四歲的肩上
只有清醒的困苦與堅強，對望著

低頭針車踩個不停，像牛耕田
布的田地，任她犁溝轉彎耕作

犁一趟爸爸不再操心煩憂
犁一趟弟弟妹妹乖乖，快快長大
犁呀犁呀，犁到
白雲跌下來變成白鷺鷥一隻隻

迷失在百花陣裡的季節，放棄了輪迴
針線行走的小路，那年新娘藏起的
期待，是靈感的產婆
掌聲刺繡的禮服，有迷人的
牡丹的大方、油桐花的素雅，是敏捷的
舊遺憾生出新滿足
還有
剪裁的花布變身如鑽石般的耀眼
是最靈巧的招數
喜氣的繡球燈籠拉高了燈會的讚嘆
彷彿是打扮美美的元宵月亮要出嫁

成就是夢的鬧鐘，在書包裡響著
花蕊的光影疊印生命的痕跡記錄奮鬥的視野
出色的論文是 76 歲的勇氣

慈愛的心是溫暖的水泉
她的布裡藏有一座海，針車是抽水機
車針探進布海汲出線水，密密流淌

濕潤密合龜裂的田園，喚醒希望發芽抽枝
流成溪，柔軟的琴弦不怕擋路石挑撥彈
清涼的節奏溜過山與山間的滑梯，滑出
圓滾滾的鳥鳴

45
啼印（台文）

一隻雞，對新聞飛出來
海湧的聲，綴咧溢出美麗的海垺……

拍開聲音的地圖
行入鄉村的景緻
大海彼爿，黃昏的日頭若跋落海
海鳥會喝咻叫人來
庄頭這爿，樹蔭若伸勻
樹椏頂的斑鴿會放送報人知
教堂的鐘霆出來的虔誠，風上愛牽長長
暗頭仔猶有田蛤仔叫歌伴月光……
鄉村接連的聲線
量出恬靜，有雙倍的腰圍
這款清幽，黏佇雲的衫仔裾尾
飛去勾著市內人的鞋

綴咧：tuè leh，跟著。	伸勻：tshun-ûn，伸懶腰、舒展腰
喝咻：huah-hiu，大聲叫嚷。	身。

鄉村早起的空氣，甜甜
鄉村早起的雞啼，是光的奏鳴曲
城市搬來的厝邊聽袂慣勢
講雞啼是块埃咧霆雷──噪人耳
無全調的鞋踏破日子
貓霧仔光的天，有火星咧爍
雞一啼，點著一个官司
紅記記

這是日常被拍斷的一工
心情沉重的時刻
對立的氣氛充滿法庭
城市對鄉村，烏仁拄白仁
生活方式的衝突掩揜尊重的去向
價值的認定，一丈差九尺
法庭外的憤慨，滾滾連連
村民抗議鄉村的權利被侵犯被跕踏
抗議外來的耳，鵤趒
欲閹割雞的喉

袂慣勢：bē kuàn-sì，不習慣。
块埃：ing-ia，灰塵、塵埃。
貓霧仔光：bâ-bū-á-kng，天將亮時
　　的日光。

掩揜：ng-iap，遮掩。
鵤趒：tshio-tiô，輕浮不莊重的樣
　　子。

雞啼，天欲光的通知
就可比春天覕花蕊
可比種子出芽殼弓開
攏是天地咧喘氣
日頭將跤步寄佇雞的喉管內
每一个透早，叫作穡人好起床
叫醒田園的翠綠，叫醒門窗的透明
雞啼，是鄉村上挑俍的標誌
山還山，溪還溪
自重是界址
一種失敗，號做欲望的褪殼
拗蠻的意志，袂堪得變大
一種勝利，號做傷痕的歡喜
揹十字架的尻脊
榮耀，一稜一稜

新制定的法律
保護了鄉村各種動物的聲音，包含氣味
保護了都市化對鄉村的威脅
被告變英雄，彼隻雞
有赤紅的雞髻，正義的聲腹

挑俍：thiau-lāng，寬敞明亮。

啼聲迵國際

樸實的鄉村
團結的村民，予聲音的景觀更加珍貴
有溫度的法律
像母愛

創作緣起

這是一个真不可思議的新聞，故事發生佇法國倚海的鄉村。
一个對城市搬來的住戶，不滿厝邊飼的雞，常在佇透早啼
叫，吵伊的眠，伊要求雞的主人要改善。
一隻雞的事端引發城市佮鄉村的論戰，過程精彩又使人深
思。

——2021臺灣文學獎臺語文學創作獎入圍

啼印（華文）

一隻雞，從新聞飛出來
緊跟著，潮聲送來美麗的沙灘……

打開聲音的地圖
走進鄉村的景緻
海的那一邊，黃昏的夕陽若跌沉入海
海鷗，會鳴叫著呼救
鄉村這頭，樹蔭若伸縮
樹枝上的斑鳩會放送廣播
教堂的鐘聲敲出的虔誠，風最愛拉長
傍晚還有那陪伴著月光的哇唱
鄉村接連的聲線
量出靜，有雙倍的腰圍
這幽靜的氛圍，黏在雲的衣袖
飛去勾住了城市裡人們的鞋

鄉村早晨的空氣，是甜的
鄉村晨間的雞啼，是光的奏鳴曲
城裡搬來的鄰居聽不慣
說雞啼是塵埃在打雷——吵死人

不同步調的鞋踩破了日子
天將亮的天空，有星火在閃耀
雞一打鳴，點燃一個官司
紅通通

這是尋常的日子被打斷的一天
心情沉重的時刻
對立的氣氛充斥在法庭上
城市對鄉村，怒目相視
生活方式的衝突隱蔽了尊重的去向
價值的認知懸殊
法庭外的憤怒不平，排山倒海
鄉村的居民抗議他們的權利被侵犯踐踏
抗議那侵犯踐踏者的耳，無理的躁動
想閹割雞的嘴

雞啼，是天亮的通知
就像那春天躲在花朵裡
就像那種子將殼頂開
都是天地呼吸的聲息
太陽將腳步寄放在雞的喉管裡
每個早晨，叫農夫起床
喚醒田裡的翠綠，喚醒門窗的透明
雞啼，是鄉村最明朗的標誌

山歸山，溪歸溪
自重是界限
有種失敗，叫做欲望的褪皮
蠻橫的意志，禁不起變大
有種勝利，叫傷痕的歡喜
揹十字架的脊背
榮耀，血痕一行又一行

新制定的法律
保護了鄉村各種動物的聲音，包含氣味
保護了鄉村都市化的威脅
被告變英雄，那隻雞
有鮮紅的雞冠，正義的嗓音
啼聲在國際間迴蕩

樸實的鄉村
團結的村民，讓聲音的景觀更加的珍貴
有溫度的法律
像母愛

46
一蕊月光花（台文）

彼冬，風跈踏山的清幽
樹仔予風斧拍生驚
有人佇山澹溚的橐袋仔
囥入去焦鬆佮物資

思鄉的心，是一蕊月光花
開佇阿爸的鞋邊
開佇風挨過山，必叉的樹椏
啊，一蕊月光花
開佇家鄉的土地
日照花瓣箍金絲

新來的醫生，聽筒貼咧部落的胸坎
伊聽著一寡殒去的痠疼
鬱佇族人 gâu 忍耐的關節

跈踏：thún-tàh，踐踏。	焦鬆：ta-sang，乾燥清爽。
拍生驚：phah-tshenn-kiann/phah-tshinn-kiann，驚嚇。	挨：e，拉、磨。
	必叉：pit-tshe，指尖端裂開分叉。
澹溚：tâm-siûnn，黏稠濕滑。	箍：khoo，圈圍。

聽著悶鈍的烏雲，坐破孤單老人的厝瓦
閣較沉彼跡，聽著
敢若鳥隻飛入內山的深暝
上恬靜的所在，一列小火車，月娘坐滿滿
天漸漸光

山路彎彎遠遠崎崎，醫療巡迴車欲來轉
雨趕來做伴，黏倚倚
阿里山茶山村到大埔，石落
路面積水若溪流，雨撇仔雨聲牢規捾
伊想起長長的好天
水庫貼底，發草
想起上愛的麻竹，等雨來晟
想著遮，心一直軟一直闊
想到遮，伊看見這陣雨對土地的疼惜

伊想起較遠的昨昏
風伶山展鱸鰻，是咧誕跤
向山內，閣加行一伐

敢若：kánn-ná/ká-ná，好像、似乎。	牢規捾：tiâu kui kuānn，沾黏成串。
暝：mê/mî，夜、晚。	遮：tsia，這、這裡。
	鱸鰻：lôo-muâ，流氓。

╭─ 人物紹介 ────────────────────╮
安欣瑜醫生，一个誠用心咧共病患摠資源的醫生。莫拉克
風颱的關係，伊佇參與救災的過程，了解蹛佇山內的人需
要鬥助的所在。既然病患出來看醫生有困難，若按呢，就
換醫生主動入去山內關心病人。醫療巡邏車載伊出出入入
的阿里山，正正是伊的故鄉。
╰──────────────────────────╯

——2021 第十二屆桃城文學獎台語現代詩第三名

——2022.2《台客詩刊》第 27 期

一朵月光花（華文）

那年，風踐踏山的幽靜
風的斧頭讓樹受了驚嚇
有人在山濕黏的口袋
放進乾燥和物資

思鄉的心，是朵月光之花
開在爸爸的鞋邊
開在風肆虐過，斷椏的樹梢
月光花呀！
綻放在家鄉的土地
陽光為花瓣鑲上金邊

新來的醫生，聽筒貼在部落的胸脯
她聽到了一些斑駁的痠痛
鬱積在族人擅忍的關節
聽到沉悶的烏雲，壓損了孤單老人的屋瓦
更深處，彷彿聽到
鳥兒飛入了山的夜深
極靜之處，有列小火車，坐滿了月亮
天，漸漸亮了

山路彎彎遠遠又崎嶇
醫療巡迴車回程的路上
雨來了，雨緊貼著
在阿里山茶山村到大埔，落石滾下
路面積水若溪，串串雨聲黏住雨刷
她想起長長的晴天
水庫見底，處處長草
想起最愛的麻竹，等雨來就要奮力長大
想著想著，心一直溶化一直寬廣
想著想著，她看見了這急雨對土地的疼惜

她想起遠一點的昨天
風在山裡耍起流氓，是引誘
引誘腳，朝山裡再多跨這一步

47

王徵吉——掛號（台文）

風經過的路線
一粒種子用憤怒咧飛
落佇偷魚賊仔的身軀頂開一蕊穮花
血 sai-sai 像捙倒漆，彼搭
搜著半張風脈的地圖
搜著雨針畫過的痕跡佮雲的棉紗

1992 年台南七股彈出的銃聲
予民族的善良幽幽仔搐疼
予一个物種生存的本能受驚惶
出簁的野蠻像落屎星，捽過文明的千里鏡

烏面抐桮，白白的翼烏烏的長喙柄
若白色批紙 kah 一枝烏色的筆咧飛

穮：bái，醜陋。	出簁：tshut-tshuê，出差錯、出狀
血 sai-sai：血淋淋。	況。
捙：tshia，打翻、推倒。	落屎星：làu-sái-tshenn/tshinn，流
彼搭：hit-tah，彼處、那裡。	星。
銃：tshìng，槍。	捽：sut，鞭打、甩打、抽打。
搐：tiuh，抽痛。	千里鏡：tshian-lí-kiànn，望眼鏡。

寫佇風中的話已經散掖
血內含疼的白色翼股，像訴狀
若是佮烏面抐桮交換靈魂，是毋是
就會當演化輿論的判決？

伊常在相機紮咧駛車四界踅
烏面抐桮佇佗，伊就佇佗
伊的行為像咧追隨電影明星
翼按怎展才會媠，頭按怎斡較古錐？
鏡頭內的烏面抐桮，姿勢變換千萬回
日頭綴路欲鬥調光線，逐攏袂著
定定一个銀 phiat 仔面喘甲變做紅龜粿

守護烏面抐桮是伊旅行的道路
飛啊飛，烏面抐桮是湧的旅行團
水面的飯桌，長長的湯匙仔喙夾物配
翼仔褫開是葵扇，合起來是山脈
歇睏的時陣，一跤收懸孤跤拄地

伊揹重重的攝影裝備，細膩仔 peh

掖：iā，撒，東西散落。	phiat 仔：碟子。
斡：uat，轉彎、改變方向。	喘甲：tshuán kah，非常喘。
綴路：tuè-lōo，緊跟在後面。	物配：mih-phuè，配菜。
逐攏袂著：jiok lóng bē tioh，都追不上。	褫開：thí-khui，張開、展開。

崎崎的山壁像上帝的額頭
遐有烏面抐桮的卵，一岫一岫
宛然是鎮守榮光的珍珠

彼工，伊徛佇意志揜貼的懸海拔
看著時間咧摸大索
有身的烏面抐桮踏無跤步，雄雄
停落來，半跍徛
一粒卵 ùi 腹肚下勻勻仔捒浮出來
無像雞仔鴨仔，phak 咧
期待才會慢慢仔趖出身軀的壁
這個發現
予外國的保育學者目睭齊展大蕊

伊想欲記錄烏面抐桮完整的故事
予閣較濟人捌烏面抐桮
做伙疼惜烏面抐桮

peh：爬。	雄雄：hiông-hiông，突然、猛然、一時間。
一岫：tsit siū，一窩、一巢。	半跍徛：puànn-khû-khiā，半蹲站。
彼工：hit kang，那一天。	ùi：從。
徛佇：khiā tī，站在。	勻勻仔：ûn-ûn-á，慢慢地、謹慎小心地。
揜貼：iap-thiap，人煙罕至，隱密。	捒：sak，推。
摸大索：khíu/giú-tuā-soh，拔河。	趖：sô，爬行。

伊拍拼想欲予 in 佇台灣有家己的岫
伊有話欲講予全世界的人知
「台灣人是善良的，絕對
毋是恁想的阮是野蠻的」

當年烏面抐桮予人銃殺的事件
伊是在場的記者，30 年矣
共性命佮熱情，囥入去相機做藥洗
烏面抐桮予血染烏的翼，像訴狀
飛啊飛，翼愈飛愈白……

飛啊飛，2000 外公里遠的
烏面抐桮用回鄉的姿勢咧飛
會閃光的翼是白鑠鑠的批
是控訴佮答辯上媠的對話

Pi-pi，限時批閣來矣
有聽著北風郵差咧喝名

2022 第八屆教育部閩客語文學獎閩南語現代詩社會組第三名
——2022.5《海翁台語文學》第 245 期

囥：khǹg，放入。	矣：--ah，了。
藥洗：ióh-sè，推拿用的藥劑，可	
以治療筋骨扭傷等。	

王徵吉——掛號（華文）

風經過的路線
一粒種子用憤怒在飛
掉落在偷魚賊的身上開出了醜陋的花
血淋淋像翻倒的油漆，那兒
搜出半張風脈路徑圖
搜出雨針劃過的痕跡和雲的紗線

1992 年台南七股擊出的槍響
讓民族的善良幽幽抽痛
讓一個物種生存的本能受驚嚇
意想不到的野蠻像流星，劃過文明的望遠鏡

黑面琵鷺，白白的翅膀黑黑的長柄喙
像白色信紙附加一枝黑色的筆在飛
寫在風中的話已散落
血裡帶痛的白色羽翼，像訴狀
若是和黑琵交換靈魂，是不是
就能演化輿論的判決？

他時常帶著相機開車四處繞

黑琵在哪兒，他就在哪兒
他的行為像在追隨電影明星
翅膀如何開展才美？頭要怎麼傾轉較可愛？
鏡頭裡的黑琵姿態變換千萬回
太陽跟隨在後想幫調光線，追也追不上
常常一個銀盤臉喘得變紅糕餅

守護黑琵是他旅行的道路
飛呀飛，黑琵是浪的旅行團
水面的餐桌，長匙喙挾菜餚
翅膀打開是扇子，合攏是山脈
歇息時，一腳懸高單腳撐地

他揹重重的攝影裝備，小心地爬
崎嶇山壁像上帝的額頭
那兒有黑琵的卵，一巢一巢
宛如是鎮守榮光的珍珠

那天，他站在意志隱密的高海拔
看著時間在拔河
有孕的黑琵腳步散亂，忽然
停下來，半蹲著
一顆卵從下腹緩緩推浮出
有別於雞鴨，趴著

期待才會慢慢爬出身體的壁
這個發現
讓國外保育學者們瞪大了眼

他想要記錄黑琵完整的故事
讓更多人認識黑琵
一起疼惜黑琵
他努力地想讓牠們在台灣有自己的巢
他有話要說給全世界的人知道
「台灣人是善良的，絕對
不是你們想像中的野蠻」

當年黑琵被人槍殺的案件
他是在場的記者，30 年了
把生命和熱情，放進相機當藥劑
黑琵被血染黑的翅膀，像訴狀
飛呀飛，羽翼越飛越雪白⋯⋯

飛呀飛，從 2000 多公里外那麼遠的
黑琵用回鄉的姿勢在飛
亮閃的翅膀，是雪般潔白的信紙
是控訴和答辯最美的對話

嗶！嗶！掛號信又來了
聽到了北風郵差在吆喝

48
行入阿里山詩路（台文）

是啥款的等待，佮向望遐相 siāng ？
遙遠，透明，吸引
每一个跤步攏順從日子的指示
去倚近未來的相逢
像櫻花，一蕊綴一蕊
一蕊綴一蕊，佇時間遠足
行入春天的約定

阿里山的樹木懸閣濟
樹蔭像夢的窗仔簾，重重疊疊
坐火車才挩會開
風景炁來的緣份，是美麗的意外
窗仔外的生份人
向經過的火車咧撰手
離別的想像，圍纏車內的我
催討酸中帶甜的心情

啥款：siánn-khuán，怎麼樣，什麼　　挩：thuah，拖拉。
樣子。　　　　　　　　　　　　　　炁：tshuā，帶領、引導。
相siâng：sio-siâng，相同、相像。

過晝的沼平車站，是霧的遊樂園
褪赤跤的霧攏佇遮咧迌迌
風景揀走歇喘了的森林列車
紅記記的車身像焰火
焐傷的目睭仁，有孤單
佇記持咧膨疱

沼平公園 15 度的冷空氣
輕輕 gàn 霧愛耍的跤蹄，唚櫻花薄皮的喙䫌
啊！我看著櫻花樹邊的你
你是大石堅守的職責
你是夢中的山林內，咧叫我的
──「春の佐保姬」（阿里山鄒族人「高一生」的代表作
　　之一。佐保姬是日語中的保護神、愛神與春神之意）

當當我將詩的翼交予你
我也已經是
一欉守護你的櫻花

──2022 第十三屆桃城文學獎台語現代詩優選
──2022.12《海翁台語文學》第 252 期

過晝：kuè tàu，過午。	膨疱：phòng-phā，皮膚因火傷、燙
褪赤跤：thǹg-tshiah-kha，打赤腳。	傷或磨傷而形成水泡。
揀走：sak-tsáu，推走。	gàn：凍、冰冷。使冷。
	喙䫌：tshuì-phué，臉頰、面頰。

走入阿里山詩路（華文）

是怎樣的等待，和盼望如此相像？
遙遠，透明，吸引
每個步伐都順從日子的指示
去靠近未來的相逢
像櫻花，一朵跟著一朵
一朵跟著一朵，在時間遠足
走入春天的約定

阿里山的樹木高又多
樹蔭像夢的窗簾，重重疊疊
坐火車才拉得開
風景帶來的緣分，是美麗的意外
當窗外的陌生人
向經過的火車揮手
離別的想像，圍纏車內的我
催討酸中帶甜的心情

午後的沼平車站，是霧的遊樂園
打赤腳的霧都在這兒遊玩
風景推走休憩過了的森林火車

赤紅的車身像烈焰
灼傷的眼瞳，有孤單
在記憶裡起水泡

沼平公園十五度的冷空氣
輕輕凍著霧愛玩的腳掌，吻著櫻花薄嫩的臉頰
啊！我看見了櫻花樹旁的你
你是大石堅守的職責
你是在夢中的山林，呼喚著我的
——「春之佐保姬」

當我把詩的羽翼交給你
我也已經是
一株守護你的櫻花

49
來去紫竹寺（台文）

早雺共頭前路的曠闊窒滇
視野縮狹佇虛實相佮
山坪的刺竹看起來半青半白
有一種脫離世俗的美麗

才一程的彎斡
拄才予雺攔閘去向的日頭
已經佇紫竹寺的天頂
媠甲像光閃閃的珍珠
雲佇風的靜裡，閒仙仙
麗甲睏去

一个跑馬埕，會當
接接偌濟善男信女的心情？

窒滇：that tīnn，塞滿。	媠甲：suí kah，漂亮到……的地步。
佮：kap，和、一起。	閒仙仙：îng-sian-sian，閒著沒事幹。
斡：uat，轉彎。	麗：the，身體半躺臥，小憩。
拄才：tú-tsiah，剛才、不久之前。	接接：tsih-tsiap，接待、招待。
閘：tsảh，攔阻、擋住。	偌濟：guā-tsē/guā-tsuē，多少。

上愛倚咧蓮花池邊

看虹伫噴出來的水花內坐禪

看樹蔭覆落來水面予魚仔覕相揣

勻勻仔衝懸的地勢

引㧷跤步行向佛祖

斜斜的石坎仔面頂浮刻的雲氣紋

宛如仙雲，蕊蕊如意

觀音佛祖伫遮

普渡眾生已經 300 外年

廟埕尾彼爿，時間猶原

守伫光明橋等欲 àn-nāi 遊客

彼欉躼 siàk-siàk 的風鈴樹，仝款

文文仔，粉紅色的好笑神

時常來紫竹寺揣佛祖迌迌

感覺家己佮佛祖

愈來愈親像

覆落來：phak--lòh-lâi，趴下來。	伫遮：tī tsia，在這裡。
覕相揣：bih-sio-tshuē，捉迷藏。	àn-nāi：接待服務。
勻勻仔：ûn-ûn-á，慢慢地，謹慎 小心地。	躼 siàk-siàk：形容非常高。
衝懸：tshìng-kuân，衝高。	仝款：kāng-khuán，同樣、一樣。
	文文仔：bûn-bûn-á，微微地。

到紫竹寺（華文）

早晨的濃霧將前路的廣闊填滿
視野縮小在虛實相接
山坡上的刺竹看起來半青半白
有種脫離世俗的美麗

才一程的彎路
方才被濃霧擋住去向的太陽
已在紫竹寺的上空
美得像發閃的珍珠
雲在靜裡，閒著
躺到睡著

一個跑馬埕
能接待多少善男信女的心情？

最愛倚在蓮花池邊
看虹在噴濺出的水花裡坐禪
看樹蔭覆在水面讓魚兒捉迷藏
緩緩升高的地勢
引領腳步走向佛祖

石階斜面上浮雕的雲氣紋
如仙雲般，朵朵如意

觀音佛祖在這兒
普渡眾生已經三百多年
廟埕盡頭那邊，時間仍然
守在光明橋等著要接待遊客
那棵好高的風鈴樹，依然是
粉紅色微笑的臉

常常來紫竹寺找佛祖玩
感覺自己和佛祖
越來越相像

50
回甘（台文）
──寫一个傳承阿媽手路菜的堅強女性

伊的夢

夢中有灶跤，有雞咧啼

伊猶穿著新娘衫

欲煮飯，米甕空空

一群人等欲食飯

鼎蓋是蜘蛛網

鼎足深，火當焰

伊一趕狂，煞變做一滴油

滴落

人講查某人菜子命

伊真緊就知影，伊選擇的塗肉

是拋荒的墓仔埔，有覕蛇

手路菜：tshiú-lōo-tshài，拿手好菜。

灶跤：tsàu-kha，廚房。

趕狂：kuánn-kông，著急、慌忙。

塗肉：thôo-bah，土壤。

覕：bih，躲、藏。

翁婿的阿媽教伊灶跤的工課
教伊做人的道理
阿媽是一个認份閣認命的查某人
曲痀的尻脊圓圓，像一蕊水湧
恬靜佇世情的海面，歁懸歁低
伊目睭內的深井
猶有一个黃酸去的囡仔
佇遐，泅來泅去

累累刀痕的砧內囚禁偌濟悲哀？
伊剉過的時間，是遮爾清醒
菜刀起落的每一下，攏聽會著
羽毛墜落，暝半落雨，玻璃摃破……
碎溶、抵抗、舂挵，所有激烈的力頭
kheh 倚佇伊的胸前，像咧等待
一扇門拍開

紅紅的月娘紅紅的目睭，轉踅暝

翁婿：ang-sài，丈夫。	囡仔：gín-á，小孩。
工課：khang-khuè，工作、事情。	佇遐：tī hia，在那裡。
曲痀：khiau-ku，駝背。	偌濟：guā-tsē，多少。
尻脊：kha-tsiah，背部、背脊。	遮爾：tsiah-nī，多麼、這麼。
黃酸：n̂g-sng，面黃肌瘦。形容人	舂挵：tsing lòng，揍、撞。
消瘦，營養不良的樣子。	轉踅：tńg-sèh，轉身、轉圈。

搬走石頭，搬走暗影相疊
只保留欲行的方向

啥款的滋味才挽會牢記持？
煮食的生理攏做袂起色
伊毋知影是家己無夠用心
抑是月光拋藤共暝延長？
舌根到舌尾尖，宛然是一條暗淡的路
路尾親像揜一个疼的坑崁
日子輾落，向望輾落，阿媽輾落
暗淡的路，猶有閃袂開的
透明的石頭佮翁婿從錢的拳頭

伊踮佇命運的谷底，進無步
只賰記持通抽退
挐氌氌的夢一坐清
煞看著心的手電仔，炤佇阿媽的手路菜

阿媽的智慧，阿媽的氣味，是最後的希望

共：ka，把、將。	賰：tshun，剩餘。
揜：iap，藏、遮掩。	挐氌氌：jû/lû-tsháng-tsháng，形容
輾：liàn/lìn，滾動。	非常雜亂，毫無條理。
從錢：tsông-tsînn，為籌錢而奔忙。	坐清：tsē-tshing，澄清。水中雜質沉
	澱，使水質變得乾淨清澈。

燒燙燙的數念一交予喙舌
啊！心剜吹噓仔
會司奶的料理，像鳥飛徙像山出泉像花吐蜜
會補空喙會開路會閃爍
對舌根，直迵人生

呼噓仔：khoo-si-á，吹口哨。　　空喙：khang-tshuì，傷口。
司奶：sai-nai，撒嬌。　　　　　迵：thàng，通達、穿透。

回甘（華文）

——寫一個傳承祖母手藝的堅強女性

她的夢
夢中有廚房，有雞啼
她還穿著新嫁衫
要煮飯，米甕空空
一群人等著吃飯
鍋蓋是蜘蛛網
鍋很深，火正旺
她一慌急，竟成了一滴油
滴落

有人說女人菜籽命
她很快就知道，她選擇的土壤
是荒蕪的墓地，躲著蛇

夫家的祖母教她廚房的工作
教她做人的道理
祖母是個認份又認命的女人
圓弧般彎駝的背，像朵浪

安靜在俗世的海面，隨波起伏
她眼底的深井
有個死去的孩子
在那兒，游來游去

刀痕累累的砧板內囚禁多少悲哀？
她剁過的時間，是那麼清醒
菜刀每一起落，都聽得到
羽毛墜落、抵抗、揍撞、拳頭所有猛烈的力道
都擠靠在她的胸前，像在等待
一扇門的開啟

紅紅的月紅紅的眼，轉動夜
搬走石塊，搬走暗影相疊
只保留想走的方向

什麼樣的滋味才能抓牢記憶？
料理的生意都做不起色
她不知是自己不夠用心
還是月拋光蔓，將夜延長？
舌根到舌尖，儼然是條暗淡的路
路的盡頭藏著痛的崖谷
日子掉落，希望掉落，祖母掉落
暗淡的路，還有閃躲不掉的

透明的石頭和丈夫籌錢的拳頭

她在命運的谷底，進已無路
僅剩記憶可退
散亂的夢一沉澱
竟看見心的手電筒，照在祖母的家常菜

祖母的智慧，祖母的味道，是最後的希望
滾燙的思念一進到嘴裡
啊！心在吹口哨
會撒嬌的料理，如鳥遷徙如山湧泉如花吐密
會縫補傷口會開墾道路會閃閃爍爍
從舌根，直抵人生

桃仔佮阿媽

◆

婁入 4 歲的夢佮純真盤擱

光的山鹿

綴我拋過一山又一山

01 圖：阿媽炁貓咪去散步

　　佇黃昏的小路，遠遠的天頂，日頭親像是一粒甜物物的蜜柑，我炁兩隻肥貓咧散步。

　　阿媽：「是按怎阿媽會徛趔趔？」共阿媽畫甲像地牛翻身，險險仔偃倒的比薩斜塔，看著這个姿勢，我感覺腰一直酸起來矣。

　　桃仔：「因為阿媽欲向落去摸貓咪啊。」

〈散步〉

風，輕輕
挨阮的跤步

美麗的花蕊
蝶仔為伊跳舞唸歌詩

古錐的貓咪
陪阮散步黃昏時

毛：tshuā，帶。
甜粅粅：tinn-but-but，很甜。
險險仔：hiám-hiám-á，差一點，險
　　　些。
偃倒：ián-tó，推倒。

向：ànn，彎下來、俯下來。
趨趨：tshu-tshu，傾斜。
挨：sak，推。

02 圖：花園

　　這是一个花園。桃仔用手指伊畫的物件報我看。

　　這是摃破花（馬櫻丹）、蘭花、蜂仔、蝶仔、燈塔。

　　阿媽：「啥物！有燈塔！」花園出現燈塔，我像看著妖怪遐驚惶。

　　桃仔笑笑頕頭，阿媽有驚著，伊感覺真得意。

　　彼个燈塔，就佇倒手爿上下面，像一塊番薯糖。

〈我的花園〉

我的花園
日頭上愛來行踏

我的花園
四季有花開滿滿

我的花園
歡喜心是春天的燈塔

遐：hiah，那麼。　　　　　　　　　倒手爿：tò-tshiú pîng，左手邊。
頷頭：tàm/tìm-thâu，點頭。　　　　上下面：siōng ē-bīn，最下面。

03 圖：黃昏的草仔埔

　　溫柔的風來矣。花歡喜，逐蕊攏頭擇擇。風輕輕掌過草仔的頭殼。風來到東爿的草仔埔，伊共蜂仔青色的風吹，揀予懸懸看風景。

　　一隻兔仔咧齧紅菜頭，食飽身軀燒燒，毛金金。

　　風來到天色烏烏的暗頭仔，水池仔邊有田蛤仔咧叫歌。

〈溫柔的風〉

溫柔的風像媽媽
伊摸花的可愛
伊挲草的乖乖

溫柔的風像媽媽
伊焄蜂仔放風吹
焄風吹看世界

溫柔的風像媽媽
田蛤仔為伊唱一首歌
一首月娘教過的歌

頭攑攑：thâu giȧh-giȧh，頭抬起來。　　噈：gè，啃、齧咬。
挲：so，撫摸。　　　　　　　　　　　田蛤仔：tshân-kap-á，青蛙。
捒：sak，推。　　　　　　　　　　　叫歌：kiò kua，呼喚似地歌唱。
懸懸：kuân-kuân，高高的。　　　　　焄：tshuā，帶領，引導。
暗頭仔：àm-thâu-á，傍晚、天剛
　　　　黑的時候。

04 圖：動物園

　　阿媽：「這个青色的是啥物？」

　　桃仔：「是草。有樹趄佇內面咧睏。」

　　阿媽：「？？？有樹趄？喔。」阿媽知矣，就是彼種規張圖攏漆甲烏墨墨，其實是有魚仔，佇烏趄趄的水溝仔內咧泅仝意思。

　　阿媽：「藍色的咧？」

　　桃仔：「是大象蹛的山洞，柑仔色的是窗仔，旁邊的笑面是欲予人翕相的所在。」

〈無看半隻〉

一个動物園仔空空空
無虎無獅無龜嘛無鱉

喙笑目笑阮有照指示
相機提懸，遮翕遐翕
翕起毛揌

出外遊賞好天好景緻
日花仔心脾開滇滇

樹趖：tshiū-sô，樹懶。一種會爬樹的動物。
烏趖趖：oo-sô-sô，烏黑，形容很黑。
翕相：hip-siòng/siōng，拍照。

起毛揌：khí-moo-tsih，指當下的心情，感受。
日花仔：jit-hue-á，小陽光，指隨喜之心。
滇滇：tīnn-tīnn，滿滿。

05 圖：挽草莓

　　雖然是真寒的天，會當徛跍規坵攏是草莓的園仔內，
挽草莓，食草莓冰，
　　桃仔的歡喜像熱人的炎日。
　　是按怎阿媽的歡喜，較冷枝仔冰？

〈綴無著逝〉

草莓花白花真媠
親像雲中仙子落凡塵

草莓冰，軟歁歁
含入喙內
歡喜定著會旋藤
手機仔內面共我唌

寒人食冰冷吱吱
寒人出門冷熾熾
草莓
曷無咧偌好食

挽：bán，採、拔、摘取。
徛：khiā，站。
踮：tiàm，在。
枝仔冰：ki-á-ping，冰棒。
綴無著逝：tuè bô tiòh tsuā，這趟沒
　　　　　跟到。
軟歁歁：nńg-sìm-sìm，軟綿綿。

定著：tiānn-tiòh，一定、肯定。
唌：siânn，引誘。
冷熾熾：líng-sih-sih，很冷，冷到發
　　　　顫。
曷：àh/iàh，表示強調的語氣。
偌：guā/luā，多麼。

06 圖：要球

共一粒圓，代表圓滿的圓
囥踮爭奪的路
伊無翼會飛，無跤會走
伊經過的輸贏
攏會變做歌

〈 球 〉

彼粒圓像麻糍

黏跤黏手

有時飛過來有時輾過去

用手直直共伊拍

敢是伊無乖？

用跤直直共伊趕

敢是無欲共伊疼？

袂哭袂啼無怨無恨據在人凌遲

踮手心踮跤盤，佮暴力咧觸纏

彼粒圓

是笑的窒仔

是忍的武器

共：kā，將、把。	共伊拍：kā i phah，打它。
囥：khǹg，擱、放。	敢是：kám sī，難道是。
踮：tiàm，在。	袂：bē，不會。
輾：lìn，滾動。	據在：kù-tsāi，任由、任憑。
直直：tit-tit，一直，不停地。	窒仔：that-á，軟木塞、塞子。

07 圖：真濟光

真濟光，佇四周圍。

有善良友愛的，有充滿希望的，有春天夏天秋天的，

也有冬天的悲傷佮等待。

心，是天。

心，是虹的厝。

遐的婧婧的光，攏是厝內囡仔的可愛。

〈迷〉

真濟光
kheh 踮目睭內
相爭展現美麗

暝的七彩琉璃啊
請恁
褪掉彼領霧紗
我才閣看詳細

真濟：tsin tsē，很多。　　　踮：tiàm，在。
kheh：擠。　　　　　　　　　恁：lín，你們。

08 圖：阿媽咧顧弟弟

　　阿媽騙孫，十八般武藝盡展，有時學貓有時學狗，弟弟看阿媽咧變猴弄，看甲喙仔開開，目睭攏無瞬，喙瀾嘈嘈津。

〈娘心〉

人騙咱，咱騙人
日誌，一頁一頁拆
囡仔，一工一工大

老母的心擘做兩半
一爿號做日頭，顧你健康勢大
一爿號做月娘，保護你所有的驚

喙：tshuì，嘴巴。
喙瀾：tshuì-nuā，口水、唾液。
嘈嘈津：tsháuh-tsháuh-tin，滴滴答
　　　　答滴個不停。
瞌：nih，眨。
日誌：jit-tsì，日曆。

囡仔：gín-á，小孩。
擘：peh，用兩手指把東西分開、
　　剝開。
爿：pîng，邊。
勢大：gâu tuā，快快長大。

09 圖：樹林

　　樹林仔內，風攏無出聲
　　是啥人予樹葉仔咧講細聲話？
　　（猴山仔佇樹枝咧幌韆鞦）

　　樹林仔內，風攏無出聲
　　是啥人予樹葉仔咧講細聲話？
　　（暗光鳥的頭咧越來越去）

〈天清清〉

1、2、3、4
4 欉樹仔徛騰騰
袂輸王朝馬漢張龍趙虎徛衛兵
樹林仔開封府清幽好所在

日頭大範大範坐踮太空椅
有伊前途有光明
包山包海包明仔載包落後日
日日包青天

暗光鳥：àm-kong-tsiáu，貓頭鷹。
越來越去：uát-lâi-uát-khì，轉來轉
　　　　去、東張西望。
徛騰騰：khiā-thîng-thîng，站穩、
　　　　站直。
袂輸：bē-su，好比、好像。

大範：tuā-pān，大方、架勢、派
　　　頭。
明仔載：bîn-á-tsài，明天。
落後日：loh-āu--jit/loh-āu--lit，大後
　　　　天。

10 圖：露營賞櫻花

櫻花櫻花真美麗，踮佇春天的厝內。

遊客來來去去想欲佮櫻花熟似

小刺蝟駛飛機，飛入春天的厝內

目睭勾著櫻花的婿，摔落草仔堆 peh 袂起來。

刺查某仔花當婿，伊是鞋邊跳舞的西施

〈赤查某仔〉

櫻花櫻花嬌滴滴
面肉紅牙皮膚幼麵麵
溫馴美麗佇春天
人人為伊癡迷為伊露營凍露水
為伊規暝毋睏算天星

赤查某仔上多情
恬恬跟隨到天邊
你的手䘼你的褲跤你的飄撇
攏是伊愛的樓梯

赤查某仔
怨感出身孽緣的揞壁鬼
無人敢共厝的鎖匙交予伊
因為伊的愛
有針……閣
有鬼

蹛：	tuà，居住。
熟似：	sik-sāi，認識。
peh：	爬。
咸豐草：	又叫赤查某、鬼針草。
落塗：	lòh-thôo，出生，呱呱落地。
紅牙：	âng-gê，紅潤有光澤。
幼麵麵：	iù-mī-mī，細嫩。
手䘼：	tshiú-ńg，衣袖
褲跤：	khòo-kha，褲腳、褲管口。
揞壁鬼：	mooh-piah-kuí，指陰魂不散的跟屁蟲。
共：	kā，把、將。

11 圖：元宵節

桃仔共阿媽講這張圖是咧畫元宵節。

有鼓仔燈、有春聯、有人咧食圓仔。

阿媽：「是按怎有紅狗蟻？」

阿媽指中央長長粗粗紅色的彼。

桃仔：「in 是穿弄龍弄獅的衫咧食圓仔，轉來猶未脫
　　　落來。」

〈元宵暝〉

有聽著
弄龍弄獅鬧猜猜
行出門口共看覓

鼓仔燈掛佇月娘的窗前
巡暝月娘徛佇樹尾溜
埕前桂花送芳三丈遠

鼓仔燈：kóo-á-ting，燈籠。
狗蟻：káu-hiā，螞蟻。
猶未：iáu-buē，還沒有、尚未。
徛：khiā，站。
鬧猜猜：nāu-tshai-tshai，很熱鬧。

共：kā，把、將。
看覓：khuànn-māi，看一看、看一下。
徛：khiā，站。

12 圖：送予弟弟的生日卡片

青青的山佮彩色的花園
是春天送予弟弟的生日禮物
迢迌物仔、布冊、小卡片
是姐姐送予弟弟的
爸爸佮媽媽啥物攏無送
in 學日頭
逐工攏仝款

〈生日卡片〉

一張小卡片
畫春天對草仔埔來
畫春天對小山崙來

愛弟弟逐工攏食飽飽
牛奶罐仔畫予大大大
弟弟古錐得人疼
畫像田嬰細細隻
歇佇爸爸的心肝

一張小卡片
收入記持的物件畫真濟
像弟弟咧流瀾
點點滴滴

迌迌物：tshit-thô-mih，玩具。
全款：kāng-khuán，相同、一樣、
　　　同樣。

流瀾：lâu-nuā，流口水。
真濟：tsin tsē。

13 圖：勢早

日頭阿伯勢早，櫻花姊姊勢早
目睭一褫開，就看著恁對我微微仔笑
予我感覺足溫暖
鳥仔兄勢早，俗 pháng 勢早
佇我瘖瘖的時陣
恁就予我精神的氣力
無論我徛佇佗位，去到佗位
只要我出聲唱歌
我的心就發出翼仔咧飛
我的目睭，就像日光遐明亮

〈一塊俗 pháng〉

問櫻花姊姊
你食飽袂？
我有俗 pháng 一塊
想欲佮你分公家

問鳥仔兄
你食飽袂？
我干焦一塊俗 pháng
欲食你家己去買

問日頭阿伯
你食飽袂？
真失禮
無物件通請你
等我食飽
才陪你去踅街

褫開：thí--khui，張開。
痚痚：siān-siān，疲憊的
　　　樣子。
恁：lín，你們。
佗位：tó-uī，哪裡。
遐：hiah，那麼。
俗 pháng：siók-pháng，土
　　　司。
分公家：pun kong-ke，一
　　　起平分。
干焦：kan-na/ta，只有。
物件：mih-kiānn，東西。
通：thang，能夠，可以。
踅街：sėh-ke，逛街。在
　　　街頭散步閒遊。

14圖：孤單的長鼻仔大象

滿天的彩霞，是黃昏美麗的裙尾
一隻長鼻仔大象咧揣伴
粉紅色的鳥仔飛來歇踮伊的頭殼頂
欲佮伊做朋友

〈悶悶〉

憂愁的出現
好親像無方向

「佮快樂覕相揣，好無？」我問家己

當當我向世界講：借過
美麗的雲彩攏越頭看我

我的孤單是鼻仔長長的大象
我的快樂，是歇佇大象頭殼頂的鳥仔
喝飛就飛

咧：leh/teh，在。	覕相揣：bih-sio-tshuē，捉迷藏。
揣：tshuē，找。	當當：tng-tong，當在⋯⋯的時候。
踮：tiàm，在。	越頭：uat-thâu，頭向後轉。
佮：kap，和、與。	

15 圖：母親節的卡片

囡仔的笑聲

佮三頓的飯菜芳

是阿母幸福的燈

〈我愛阿母〉

阿母的愛，像雞啼
每一工
共日頭焦來早起

阿母的手指頭仔
為生活必裂流血

我共毋甘撚做線
紩伊必開的皮肉

佮：kap，和、及，與。	必裂：pit-lih，皮膚因缺乏滋潤而
每一工：muí tsit kang，每一天。	皸裂。
共：kā，把、將。	毋甘：m̄-kam，捨不得。
焦：tshuā，帶領，引導。	撚：lián，用手指搓轉細小的東西。
早起：tsái-khí，早上、早晨。	紩：thīnn，縫合。

16 圖：洞內的鳥鼠

踮時間挖一个空
覕咧內面，順紲
收藏記憶

〈念念〉

共聲音靜落來
共跤步停落來
心就成做一間有圍閘的厝

佮意家己一个踮厝內
恬恬守護時間的經過

我是一隻鳥鼠
時間運搬的
攏是貓的代誌

踮：tiàm，在。	閘：tsa̍h，遮攔牆、遮物。
空：khang，縫隙、孔洞。	鳥鼠：niáu-tshí/niáu-tshú，老鼠。
順紲：sūn-suà，順便。	攏：lóng，都、皆、全部。
共：kā，把、將。	代誌：tāi-tsì，事情。

17 圖：夢中的形影

疫情的關係
連幼稚園嘛放長假

夢，是一間小教室
夢，是一个運動埕
心悶的人攏佇遐

〈思念入夢〉

日子一工一工
思念一山一山

佇夢中牽你的手
佇夢外共你想連紲

疫情像壁，隔開你我
我有夢一領
千里萬里，網你
網你，你插翼也飛袂行

嘛：mā，也。
心悶：sim-būn，思念、想念之意。
攏：lóng，都、皆、全部。
佇遐：tī hia，在那裡。
一工：tsit kang，一天。

佇：tī，在。
共：kā，將，把。
連紲：liân-suà，連續。
一領：tsit niá，一件，一張。

18 圖：日月潭坐流籠

阿媽：「這是赤鯮、鱸魚、蔥仔佮番仔薑。」

桃仔：「阿媽，我是咧畫咱去日月潭坐的流籠。」

這聲，真正是廚子挂著畢卡索，

一个掠魚，一个掠景。

逃脫的魚仔，覕入畫家的圖內。

〈臆畫〉

日月徙跤光換線

彩筆紙上描潭影

錯認飛魚弄枵腸

紅藍流籠載水聲

番仔薑：huan-á-kiunn，辣椒。	覕：bih，躲、藏。
流籠：liû-lông，纜車。	臆：ioh，猜。
這聲：tsit-siann，這下子、這回。	徙：suá，移動。
拄著：tú-tiòh，遇到。	弄：lāng，逗弄。
掠：liàh，捕捉。	枵：iau，餓。

19 圖：真紅子小島

　佇這个神奇的島
　好天掛佇肥貓的面
　軟管 ùi 塗底共水吸出來飼植物
　鴨仔用水沖跙流籠
　雞母生卵 peh 燈塔
　雞母的名：真紅子
　燈塔住址：上正手遐，有看著無？
　一堆線纏纏做伙彼就是。

〈先見之明〉

一隻雞母欲生卵
peh 懸 peh 低咧揣岫

燈塔懸懸向大海
囝兒出世紮大燈

軟管：suh-kóng，吸管。
跙流籠：tshū liû-lông，溜滑梯。
peh：爬。
上正手：siōng tsiànn-tshiú，最右
　　　邊。

遐：hia，那、那裡。
紮：tsah，攜帶。

20 圖：媽媽煮料理

媽媽煮料理，芳味規厝內
灶跤勇將滿滿是
毋知啥人上厲害？

〈砧〉

砧是輪迴的床枋
塗跤走的，走袂過
水底泅的，泅袂過
天頂飛的，飛袂過

媽媽攢豐沛，功夫盡展
一隻魚仔刣甲血 sai-sai

砧，褪腹裼
比十八銅人較硬氣
伊大聲喝：
欲剁欲拍欲舂欲刣做你來！

砧是承受的尻脊
砧是包容的胸坎
砧，藐視疼佮傷
砧，上愛鼻唇的味

塗跤：thôo-kha，地上。
袂：bē，不，否定詞。
攢：tshuân，準備、張羅。
豐沛：phong-phài，豐盛。
刣：thâi，宰殺、屠宰。
血 sai-sai：血淋淋。
褪腹裼：thǹg-pak-theh，
　　　　打赤膊。
硬氣：ngē-khì，有骨氣不
　　　　輕意低頭妥協。
舂：tsing，搗、撞。
做：tsò，任由、儘管。
鼻：phīnn，聞氣味。

月娘的曲盤

♦

月光炤佇咱的故事
回憶的唱針一犁過
歲月的水聲
流袂斷

01
記持的剪絡仔[1]

彼个 12 樓懸[2]的窗仔，像一口井，看袂著[3] 台北的鬧熱繁華，只有被樓佮樓掌懸[4]的寂寞。走色的月光照落，變成一頁掀袂過的，暗淡的夜茫。101 大樓，像一枝長躼埽[5]的度針，挾佇台北的胳下空[6]，量測夢的孤單。天星咧爍的所在暗趖趖[7]，是天頂抑是谷底？經過彼个窗仔口的雲，搬演變化挽走時間。習慣，是心悶的渡鳥，流浪的心無揀時日，記持是翼，向南飛去歇踮昨昏[8]的厝窗。

「……沖著相蛇的。日課講完換來講天氣，有一波冷氣團會來，台北的氣溫會降落去甲 13 度……」插頭拔掉，志明隨恬去。見擺若轉去揣阿母欲講兩句仔，無去注意著時間拄好[9]欲倚 8 點，就愛排隊讓志明先講，等伊共日課

1	剪絡仔：tsián-liú-á，扒手、三隻手。	6	胳下空：koh-ē-khang，腋下、腋窩。
2	懸：kuân，高、高度。	7	暗趖趖：àm-sô-sô，黑漆漆。形容漆黑一片。
3	看袂著：khuànn bē tiòh，看不到。	8	昨昏：tsa-hng，昨天。
4	掌懸：thènn-kuân，把東西撐高。	9	拄好：tú-hó，恰巧、剛好。
5	長躼埽：tĥg lò sò，形容物體又長又高的樣子。		

報煞，阮才會使開喙 ¹⁰。志明，是阿母上貼心的空中好朋友，伊毋但講話笑詼 ¹¹，播歌播新聞，予人詢問困擾的疑難雜症，閣會提醒朋友序大 ¹²，愛會曉保養漸漸霧去的目睭，骨頭顧予勇，比無佇身軀邊的後生查某囝，較知輕重。志明，是真濟聽眾精神的糧食，生活的鹹酸甜。因為阿母的耳空有一片臭耳聾，所以對阮兜門口經過的人，攏知影志明是大嚨喉空。

「喂，你下班矣喔？明仔載台北會較寒，你愛穿較燒的……。」志明前跤一走，免偌久大兄的電話就隨到。黏佇耳空邊的電話，是春天的發電機仔，將台北的春風微微仔傳送來台南，吹開阿母心的田園仔內所有的花蕊。這是每一工，上 ¹³ 幸福的時間。後生的關心，是安佇老母心房的小壁燈，無論日時抑暗暝，散發溫暖的力量袂停止。

關懷獨居老人的義工定定會來，兩三个人就共客廳坐甲鬧熱氤氤 ¹⁴，袂輸 ¹⁵ 親情來相揣坐，講天話地將快樂炁 ¹⁶ 入來有緣熟似的世界。阮姊妹仔雖然無蹛偌遠，三轉兩斡 ¹⁷ 就來簽到，毋過，家己的老母受社會按呢咧照顧，

10　開喙：khui-tshuì，開口說話。
11　笑詼：tshiò-khue，詼諧、風趣。
12　序大：sī-tuā，長輩。
13　上：siōng，最……。
14　鬧熱氤氤：nāu-jia̍t tshih-tshih，熱鬧滾滾。

15　袂輸：bē-su，好比、好像。
16　炁：tshuā，帶領、引導。
17　三轉兩斡：sann tńg nn̄g uat，轉個彎，繞個道。形容因近而頻頻造訪。

心內感覺小可仔[18]見笑，見笑阮猶照顧無周至。有幾若改[19]，我轉去後頭厝的時，佇路頭就看著阿母家己一个坐踮網仔門後，面向大路踅神[20]踅神，伊崩去的心情是佗一節？我看見幸福無細膩[21]顯露出白蔥蔥的面色，無常啊，你是毋是有當時仔[22]，也會看衰平安佮順序[23]，才會偷偷仔叫意外來拚門？

119，真正是一組神奇的數字，需要的時陣，予人心肝咇噗惝[24]，予人頭殼內攏揣無。

阿母跋倒彼早仔，大姐敲電話叫救護車，電話是敲有通矣，一下緊張連住址嘛袂曉報。車來的時，阿母拜託毋好沿路霆[25]，驚吵著厝邊，驚過路人攑頭攑耳。

急診室，是地獄無歇睏的門市。等醫生來看診的開縫，阿母問起日子的吉凶。性命中，總是有一寡部份，愛交予對鬼神的敬畏來指揮。二姐那[26]掰手機仔查那共[27]阿母應：「好。今仔日是吉日，開市、嫁娶攏有合。」阿母聽著按呢，敢若家己無心的過錯得著赦免，面色齊放鬆。

---

18 小可仔：sió-khuá-á，稍微、些微、少許。

19 幾若改：kuí-ā kái，好幾次。

20 踅神：sèh-sîn，神情恍惚的樣子。

21 無細膩：bô-sè-jī，不小心。

22 有當時仔：ū-tang-sî-á，偶爾、有時候。

23 順序：sūn-sū，形容事情進行順利，沒有阻礙。

24 咇噗惝：phih-phók-tshíng，心跳加快的樣子。

25 霆：tân，霆，鳴響。

26 那：ná，一邊……一邊……。

27 共：kā，跟、向。

我倚去二姐的耳空邊共偷講：「昨昏志明仔講今仔日做啥攏無合。」二姐：「今仔日好穤[28]家己決定就好。」

老大人上驚跋倒，骨頭若跋傷，囝兒[29]序細[30]就愛準備長期抗戰矣。佳哉[31]，阿母跋這下無蓋[32]食力[33]，佳哉大姐看阿母天光門猶鎖咧，共開門入去巡看覓[34]，才發現人跋佇浴間仔袂振袂動[35]。這个意外親像一陣雄狂的風「碰！」一聲，紲手[36]就共阿母自由的門關起來。希望這過伊會覺悟，年歲遮爾[37]濟閣毋予囝照顧，是連天都毋允[38]的糊塗。大嫂進前就講過，in 欲共阿母炁（tshuā）去照顧，大嫂誠懇的話予我足感心的。就按呢，阿母的生活就對台南徙去台北囉。

擘開[39]相黏的今仔日，一大堆昨昏煞輾[40]輾出來。

阿母疼阮攏傷盡心傷出力，有當時仔予人想欲旋。伊足愛鼓舞阮食伊煮的物件，我堅持毋食，愛轉去煮飯顧大官[41]，大姐常在推甲強欲冤家，最後攏是飽甲變面。阿母

---

28 好穤：hó bái，好或不好。
29 囝兒：kiánn-jî，兒子、子女。
30 序細：sī-sè，晚輩、後輩。
31 佳哉：ka-tsài，幸虧、好在。
32 無蓋：bô kài，不太……。
33 食力：tsiảh-lảt，比喻精神或情況嚴重、糟糕。
34 看覓：khuànn-māi，看一看、看一下。

35 袂振袂動：bē-tín-bē-tāng，無法動彈。
36 紲手：suà-tshiú，順手、隨手。
37 遮爾：tsiah-nī，這麼。
38 毋允：m̄ ún，不允許。
39 擘開：peh-khui，撥開。
40 輾：lìn，滾動。
41 大官：ta-kuann，公公。丈夫的父親。

的思想嘛會共人刁難，一半擺仔[42]若載伊來阮兜迌迌[43]，
車佇門口埕拄停好，阮一欉古意的苦楝就犯伊敧[44]。因為
苦楝的名佮用途，和歹吉兆的代誌相牽連，厚譴損[45]的阿
母叫阮這欉袂使留，愛緊鋸掉。伊穩當毋知，苦楝花茄仔
白的婿，是愛眠夢的雪可愛的三月，伊凡勢[46]毋捌[47]鼻
過，苦楝花的芳，是日頭收集春天的歡喜。上重要的是：
這欉苦楝是 in 親家的寶貝。伊那[48]行那唸，看著厝前厝
後草沒薅[49]，就講細欉若毋除去予大欉薅無法，就愛叫怪
手來挖。這句雜唸誠鮮沢[50]，用譀古[51]唌拍抐涼[52]，聽起
來感覺真趣味。草發甲變樹欉，用鋸仔佮鋤頭就有夠矣，
叫甲怪手都毋是欲拆厝。

　　阿母去台北也較袂予二姐唸經，伊攏綴人趕場唌聽
推銷，領一堆有的無的免錢的物件，阮無佮意阿母學會曉
痟貪[53]。講阿母痟貪實在有淡薄仔[54]過份，應該愛講是勤

---

42 一半擺仔：tsit-puànn-pái-á，一兩次、偶爾。	49 薅：khau，拔除。
43 迌迌：tshit-thô，遊玩。	50 誠鮮沢：tsiânn tshinn-tshioh，很新鮮。
44 敧：khia，責怪、怪罪。	51 譀古：hàm-kóo，指荒誕不實際的故事。
45 厚譴損：kāu-khián-sńg，迷信、忌諱。	52 拍抐涼：phah-lā-liâng，閒扯、講風涼話。
46 凡勢：huān-sè，也許、可能。	53 痟貪：siáu-tham，貪圖小利益。
47 毋捌：m̄-bat，不曾。	54 淡薄仔：tām-póh-á，一點點、些微的。
48 那…那：ná......ná，一邊……一邊……。	

儉。因為阮細漢誠困苦，阿母才會逐項抾拾[55]，橐袋仔[56]的錢嘛愛齊拍結。

無志明陪伴的日子，阿母生活變齷齪[57]時間若荒廢，心綴咧像孤魂野鬼浮浮飛飛。干焦會當敲電話揣查某囝爾爾[58]，怨嘆生活無議量[59]，尻脊後[60]閣唸大兄一家口仔生活顛倒反，暗光鳥幾若个。散掖佇日常袂慣勢[61]的沓沓滴滴[62]，像黴菌，吮（tshńg）伊健康的心魂。

自由寵倖過的骨血，若像是有曠闊草埔的野馬。一旦予人牽去飼踮馬牢，失去自由走跳的大自然，袂輸是性命受著威脅，一直用頷頸去搝[63]索仔佮束縛摔拚，想嘛知，若毋是索仔斷就是頷頸流血。自由，是命運的圈套。自由，予欲望變青盲[64]。

阿母愛操煩的個性，像一个擔，毋知欲擔甲底時？離開家己款三頓的生活，日子嘛無變較清閒。大兄上暝班伊也綴咧鬥看時鐘，趕後生愛冗早出門，若無，車毋等人。

人的心，若會當像日頭毋驚烏雲來攔閘，毋知欲偌好。阿母食老攏毋認份，無一工無咧想步數，使性地，就

55 抾拾：khioh-sip，節省、節儉。
56 橐袋仔：lak-tē-á，口袋。
57 齷齪：ak-tsak，心情鬱悶、煩躁。
58 爾爾：niā-niā，而已。
59 無議量：bô-gī-niū，無聊、乏味，沒事可做。
60 尻脊後：kha-tsiah-āu，背後。
61 袂慣勢：bē kuàn-sì，不習慣。
62 沓沓滴滴：ta̍p-ta̍p-tih-tih，瑣碎、繁雜。
63 搝：giú，拉扯。
64 青盲：tshenn-mê，失明、瞎眼。

是欲提轉來生活的主導權。阮已經順伊規世人矣，這擺無人欲閣聽伊的，決定欲共心肝掠坦橫⁶⁵忤逆伊的心願。重複閣再重複，伊一直強調家己足勢（gâu）行路，會曉家己煮飯，毋免人綴前綴後⁶⁶，伊講甲袂輸家己跤健手健少年閣扭掠⁶⁷，用遮的保證來咧做姑情⁶⁸。伊敢毋知，人生的旅途欲行會輕鬆，就愛學習放下。我想，歲月若是會用青春活力來支援欲望，彼應該就是知足的心矣。阿母，90歲。一个天猶未光就去學校運動，攑雨傘做拐仔，去一下菜市仔就行毋知路通轉來，意志堅強的阿母。彼个時陣已經有輕度認知的障礙矣，阮卻是攏無人來共斟酌著⁶⁹。這條衰退的路，阿母行甲遐爾⁷⁰頭前，阮攏袂赴⁷¹體會。

　　代誌的演變，若像一幕劇情高潮的戲齣，阿母心情的轉變更加是使人料想袂到。伊袂閣⁷²恁性地 peh 懸山矣，顛倒是一種無所求的心平氣和。因為，伊的尻川頓⁷³毋知佇偌久進前就生一丸有有⁷⁴的物件，坐也袂坐得。伊講佇台南的時就有摸著，只是毋敢講。如意算盤千算萬算，猶

---

65 掠坦橫：liàh-thán-huâinn，把心一橫。
66 綴前綴後：tuè-tsîng-tuè-āu，跟前跟後。
67 扭掠：liú-liàh，形容手腳快、動作敏捷。
68 姑情：koo-tsiânn，懇求、情商。
69 斟酌著：tsim-tsiok--tiòh，注意到。
70 遐爾：hiah-nī，那麼。
71 袂赴：bē-hù/buē-hù，來不及、趕不上。
72 袂閣：bē koh/buē koh，不再、不會再。
73 尻川頓：kha-tshng-phé，屁股、臀部。
74 有：tīng，硬的、堅實的。

是毋值得天一畫。這聲，想欲自己躂 [75] 的堅持，一下仔就
予好穩未卜的驚惶比落去矣。

三姐妹坐踮往北的車內，想的，攏是阿母的手術毋知
有順序 [76] 無？車幫載到台北轉運站落車，三姐妹袂輸予人
載來放生，莫講是坐捷運矣，連方向攏分袂清，只好叫計
程仔。一个司機誠 [77] 好禮來招呼阮坐伊的車，聽著是短途
的，面色好天隨轉烏陰。

手術了醒過來的阿母，目睭一擘開就笑矣：「恁按怎
來的啊？」嘿啊，按怎來的？庄跤的少年阿媽欲入城，會
予老阿媽掛心，就按呢 [78] 偷偷仔走來矣。彼暗，阮三个佇
病院陪阿母。阿母好親像咧顧三个幼囝，驚椅仔歹䖙
倒 [79]，硬愛一个佮伊踮病床睏。落尾 [80]，大姐去予拗蠻 [81]
去。規暝 [82]，阿母共大姐蓋被蓋甲誠滿足。

開刀過的皮肉咧好足慢 [83]，總算等著大兄傳來一張空
喙 [84] 復原的相片，我一看煞著生驚 [85]：彼敢毋是一幅縮小
的警世圖咧！三跡 [86] 堅疕 [87] 所在就共孫悟空的鼻目喙巧妙

---

75 躂：tuà，居住。
76 順序：sūn-sī，順利。
77 誠：tsiânn，很、非常。
78 就按呢：tsiū-án-ne，就這樣子。
79 歹䖙倒：pháinn the tó，不容易躺臥。
80 落尾：lòh-bué，後來、最後。
81 拗蠻：áu-bân，野蠻、蠻橫無理。

82 規暝：kui-mê，整夜。
83 足慢：tsiok oh，很慢。
84 空喙：khang-tshuì，傷口。
85 著生驚：tiòh-tshenn-kiann，受到驚嚇、嚇到。
86 跡：jiah，指特定的地方。
87 堅疕：kian-phí，結疤。

掠出來，喙彼跡正正予兩條拍叉仔的紩線[88]閘咧[89]。

猴齊天喙的封條一拆，阿母又像一个戇囡仔[90]，逐工敲電話。閬[91]時無閬日拚性命咧敲，叫阮姐妹仔共焉轉來台南。伊講蹛家己的厝較有早暗，足數念逐禮拜攏會當去佛堂，佇台北干焦[92]一張眠床。怨嘆大兄硬共伊的光明路切斷……。阿母攏毋知，這就是千變萬化的愛，愛你平安，愛你勇健有人疼。

有人講，阿母遐捷[93]咧敲電話，是毋是愛予醫生看覓？

藥物，敢真正會當控制自由的心悶？阿母只不過是早前的習慣佮現實起衝突爾爾。我是按呢單純咧想，若是有較猛醒的體貼做天線，就警覺會著遐的不安，是予絕望的箭射落來的孤單，跋落去妄想設計的陷坑。

電話一工鉼[94]幾若擺，這鉼仔聲，是魔鬼的跤步聲。想欲解脫，無對策；想欲和解，揣無智慧。全款的劇情佇電話線窒滇滇[95]：阿母的錢拍無去[96]，唯一有嫌疑的，獨獨大嫂一个。這未免傷譀[97]矣！大嫂根本毋是會做彼款

---

88 紩線：thīnn suànn，縫線。
89 閘咧：tsảh--leh，遮住。
90 戇囡仔：gōng-gín-á，傻孩子。
91 閬：làng，指時間上留出空隙。
92 干焦：kan-na/ta，只有、僅僅。
93 遐捷：hiah tsiảp，次數那麼頻繁。
94 鉼：giang，鈴聲響起來。
95 窒滇滇：that-tīnn-tīnn，塞滿、填滿。
96 拍無去：phah-bô--khì，遺失、丟掉。
97 傷譀：siunn hàm，太誇張。

歹代誌的人。我有喙 [98] 講甲無瀾 [99]，猶是袂當消敨 [100] 這
个死結，阿母一直堅持伊的認定，替大嫂辯解干焦會予阿
母閣較受氣。抵押佇認同的好性地 [101]，著愛按怎做才贖
會轉來？最後，阮兩个攏掠狂 [102] 矣，阿母罵我佮賊仔全
黨 [103]，我應伊是錢貫 [104]。電話兩頭講話相對削，刀光劍
影。無人會去想著：上重要的物件，攏是佇想法相出路的
所在拍無去的。

　　氣怫怫 [105] 共電話掛斷，情緒的戰兵隨翻頭攬抱後悔，
挲搭 [106] 無法度承擔的激烈的痛疼。予無知懵懂 [107] 差教的
傀儡尪仔，手攑正義的懸刀，將老母押入去絕望的刑場。

　　失智，是褪赤跤 [108] 覕入 [109] 去退化族群內底的剪綹
仔，目睭較尖的就看會著。

　　阿母的記持愈來愈袂用得矣，遠的記會牢，近的家己
編。這擺 [110]，換大嫂敲電話來矣，叫阮去共阿母買面油，
講阿母一工洗幾若遍 [111] 面 [112]，面洗了就挖面油來抹，真

---

98 喙：tshuì，嘴巴。
99 瀾：nuā，唾液、口水。
100 消敨：siau-tháu，消除、解開。
101 好性地：hó-sìng-tē，脾氣好、
　　不隨便動怒。
102 掠狂：liáh-kông，抓狂、發狂。
103 全黨：kāng-tóng，同黨。
104 錢貫：tsînn-kǹg，守財奴。
105 氣怫怫：khì-phut-phut，氣沖沖。

106 挲搭：so tah，輕拍安撫。
107 懵懂：bóng-tóng，無知，不明
　　事理的樣子。
108 褪赤跤：thǹg-tshiah-kha，打赤
　　腳。
109 覕入：bih ji̍p，躲進、藏入。
110 這擺：tsit-páinn，這次。
111 幾若遍：kuí-nā piàn，好幾次。
112 面：bīn，臉。

緊[113]一罐就抹了了。

　　拜一菜市仔的肉砧賣肉的會歇睏，換賣化妝品的來排擔。我共舊的空罐仔紮去[114]較袂[115]買重耽[116]，阿母連買一个菜過頭一、兩箍[117]銀，都攏會刁工[118]騙拄好[119]無夠錢矣，這號做珍珠霜的面油，一罐幾若百，伊買著一定心肝搐幾若下[120]。姐妹仔有替阿母買過攏知影彼擔，阮毋但感情好，參想嘛想相siâng[121]，三个人三罐面油。看著三罐，阮愛笑甲流目油；看著三罐，心內一點仔討厭彼个生理人。交待大嫂，予阿母一罐就好，另外兩罐藏予牢[122]。想著阿母蹛佇厝的時，看伊逐早仔面若洗好，就攏會照鏡挲面油。當然，面欲抹會媠嘛是有撇步的。就是袂使共鏡提去光線傷強的所在，因為，會照著螿蜍[123]皮。

　　想袂到，賊仔的劇情到遮暫時告一段落，阿母有新的齣頭[124]。伊共被單拆做花巾仔，款包袱仔離家出走，予後生新婦不時咧逐人。感覺伊袂知足，予人歹款待，所以我

---

113 真緊：tsin kín，很快。

114 紮去：tsah--khì，帶去。

115 較袂：khah bē，比較不會。

116 重耽：tîng-tânn，出差錯。

117 箍：khoo，元、塊錢。計算金錢的單位。

118 刁工：tiau-kang，故意。

119 拄好：tú-hó，恰巧、剛好。

120 搐幾若下：tiuh kuí-nā ē，抽痛好幾下。

121 相𫝛：sio-siâng，相同。

122 藏予牢：tshàng hōo tiâu，藏好。

123 螿蜍：tsiunn-tsî，蟾蜍、癩蝦蟆。

124 齣頭：tshut-thâu，把戲、花樣。

捷捷[125]共伊應喙舌，閣共[126]剾洗，講伊的執著是大粒石頭，擋著去路；講伊的執著是大海，無船通渡。掌管命運的手啊，請指點良善的人去菩提心的住所，何乜苦[127]用因緣來佈下天羅地網，將遺憾一網打盡？

閃！心攏縛做伙，嘛毋知會當閃去佗？三个不孝女，愈來愈毋敢接阿母的電話。大嫂交代過，毋通順從阿母的要求，愛予伊慢慢仔慣勢蹛台北。講蹛 in 兜[128]較方便，樓跤就是菜市仔，三分鐘就到病院。一爿是老母，一爿是兄嫂，心閣較滾絞嘛愛做歹人。就按呢，母仔囝咧對答攏刺夯夯[129]，互相共刺仔倒入去耳空內，鑿甲[130]流血流滴。只不過是久年佇外口賺食的後生想欲有孝爾爾，是按怎逐家攏欲走予幸福逐？到底是啥人佇咧固執？是按怎值得好好珍惜的，逐家攏目睭佯[131]青盲放予過？遮的謎題，佇今仔日，時間攏一項一項來說明。

憂鬱，是所有症狀的病母，上蓋倚靠的厝內人是共犯。

一旦故鄉選擇了流浪，留戀已無所倚靠，敢通用雪共

---

125 捷捷：tsia̍p-tsia̍p，常常。
126 剾洗：khau-sé，諷刺、挖苦人家。
127 何乜苦：hô-mí-khóo，何苦、何苦來。
128 In 兜：in tau，他們家。
129 刺夯夯：tshì-giâ-giâ，挑釁的氣勢。
130 鑿甲：tsha̍k kah，刺到……的程度。
131 佯：tènn，假裝、偽裝。

心埋予深深深，拒絕去鼻 [132] 生份所在的花芳？當多情的月娘，用愛大聲喝叫迷失中的跤步，已經軁入 [133] 去臍帶的冷，肯抑毋肯，閣吐頭出來予月光惜惜？

阿母真乖攏袂閣吵矣，性命已經另外開一條便路予伊行，真高明乎伊遠離無意義的冤吵，遠離執著的觸纏。我佮姐姐也毋免閣驚電話像鬼咧叫魂。

三个寶貝圍踮床垹予伊臆名 [134]。名字，若是會使當做相認的鎖匙，是按怎阿母的記持會拍袂開？毋捌，毋捌，攏毋捌。阮笑，伊嘛綴咧笑，氣氛歡樂袂輸是閣轉去早前。問雞應鴨嘛好啦，世事本來就是真真假假。

失智，是慈悲所賞賜的禮物，阮珍惜嘛感恩會當做一家伙仔，隨緣隨喜圓滿就綴咧來。來台北看阿母順紲 [135] 慰勞大兄佮大嫂的辛苦，是阮有閒的時上期待的代誌。

「阿母，你甘知影你的囝仔攏佇身軀邊？」

「毋知，毋通聽人咧烏白講。」

「阿母，你足偉大，阮足感謝你啦。」阿母目睭瞌瞌 [136]。

「阿母，你是按怎欲假睏？」

「聽著毋愛聽的話。」

---

132 鼻：phīnn，聞氣味。
133 軁入：nǹg ji̍p，鑽入。
134 臆名：ioh miâ，猜名字。
135 順紲：sūn-suà，順便。
136 目睭瞌瞌：ba̍k-tsiu kheh-kheh，閉著眼睛。

趁阿母有清醒，閣一擺：

「阿母，你足偉大，感謝你啦！」

「甘蔗，甘蔗就有冇。」

阿母刁工彎話[137]，伊的心阮嘛是看現現[138]。

——2020 第十屆台南文學獎臺語散文優等

——2021.01《台文戰線》第 61 期

---

137 彎話：uan-uē，把話聽成同音不同義的字詞。　138 看現現：khuànn-hiān-hiān，看得一清二楚。

02
秋天的過路客

　　臍帶結相連的兩塊地，是毋是只要佇中央閘一堵牆仔，就會使當做生份[1]？是毋是性命中予離開拗折[2]去的記持，攏猶有偷揜[3]一蕊花，等待斷去的緣份閣[4]接倚，才欲開予人看？

　　拄[5]入春，飼蘭花的花棚仔頂，蝴蝶蘭就相爭拍豆仔（拍莓/phah-m̂）準備欲開花，親像一群尾蝶仔，飛過了熱天的翕熱[6]佮秋天的涼焦[7]，閣轉來歇踮[8]春天的手骨。粉紅、茄仔紅、雪白、柑仔黃……。所有栽培的苦心攏化做美麗的蝶仔，鑽出寒天的束縛，輕踏使人期待的舞步，這搭彼跡[9]，鋪出美麗浪漫，鋪出春天紮來的希望。花開花謝花再開，春、夏、秋、冬踅透[10]閣重來，風聲雨聲包踮鞋聲笑聲內面。性命是一列載著花蕊佮[11]希望的列車，轆

1 生份：senn-hūn，陌生。不認識、不熟悉。	7 涼焦：liâng-ta，涼爽乾燥。	
2 拗折：áu-tsih，彎曲折斷。	8 踮：tiàm，在……。	
3 偷揜：thau iap；偷藏。	9 這搭彼搭：tsit-tah hit-tah，這裡那裡。	
4 閣：koh，再。	10 踅透：sèh thàu，繞遍。	
5 拄：tú，才剛。	11 佮：kap，和、及、與、跟。	
6 翕熱：hip-juah，悶熱。		

過 [12] 長長的天光佮月光，貫出 [13] 一捾 [14] 五彩琉璃的歲月。

　　牆仔的另外一爿，空空的蛇木盆仔吊佇半空中，若像蟬仔褪掉的殼，閣按怎 [15] 等，熱情也袂轉來遮 [16] 喝咻 [17]，只有塗埃 [18] 的稀微隨風搖弄。原本彼坵園仔嘛是蘭花栽滇滇 [19]，空氣中不時有通鼻 [20] 著花的芳味，大蕊的卡多利亞蘭，美麗大範 [21] 像獎盃，便若捾 [22] 出去比賽閣捾轉來，就加出金銀的色彩。因為栽花的人佇市內趁食傷無閒 [23]，漸漸就放空矣。時間一直經過，倚佇牆仔跤的菅芒也已經規人懸 [24]，瘦瘦尖尖的葉仔對鐵網仔穿過來，風吹掣動 [25]，親像監牢內的枵鬼 [26]，有人行過就手伸長共 [27] 人扒一下，想欲分一喙水 [28] 來啉彼款。野藤旋甲 [29] 無分天地，嘛有當咧放長鬚，揣 [30] 盤纏的物件通好徙跤 [31] 的。長短參差的雜草恬恬仔 [32] 生湠，無人管顧的園仔由在黃鳥透

12 軁過：nng--kuè，鑽過。	24 規人懸：kui lâng kuân，整個人高。
13 貫出：kǹg tshut，串出。	25 掣動：tshuah tāng，抖動。
14 一捾：tsit kuānn，一串。	26 枵鬼：iau-kuí，餓鬼。
15 按怎：án-tsuánn，怎麼、怎樣。	27 共：kā，跟、向。
16 遮：tsia，這、這裡。	28 一喙水：tsit tshuì tsuí，一口水。
17 喝咻：huah-hiu，大聲叫嚷。	29 旋甲：suan kah，攀伸到……的地步。
18 塗埃：ing-ia，灰塵、塵埃。	30 揣：tshuē，找。
19 滇滇：tīnn-tīnn，滿滿。	31 徙跤：suá-kha，移動腳步。
20 鼻：phīnn，聞味道。	32 恬恬仔：tiām-tiām-á，安靜無聲地。
21 大範：tuā-pān，高雅、不俗氣。	
22 捾：kuānn，提、拿。	
23 傷無閒：siunn bô-îng，太忙。	

濫 [33] 青綠，紩補季節替換的新衫。蓬心的圓滿，保留時間
殕色 [34] 的婿。巡視的風，牽數念 [35] 的孤魂野鬼，佇昨昏 [36]
佮昨昏之間，踅過來轉過去，親像咧揣拍無去 [37] 的啥物。

　　巡視的風，吹迥過冬天，吹迥過 [38] 期待，偃倒寂寞，
拊過 [39] 天頂雲的白，留落一逝 [40] 霧霧的，路的痕跡。

　　日子是一部會行徙的冊，記錄描述的景緻，猶原是：
東爿滿滿花的詩，一篇又一篇；西爿滇滇草的文，一頁過
一頁。

　　草的寂寞，一寸一寸向天伸長，拋荒 [41] 去的冷，嘛
想欲揣焐 [42] 會燒的心。寒天最後一陣冷風㧈走 [43] 無了時
的淒涼，春天的雷聲煞來叫醒一个向望，向望心有一搭會
當親像薄荷遐爾仔 [44] 清涼，無世俗煩雜的攪吵，向望囥
踮 [45] 春天的胸坎，等待時間願意收留這个小小的懇求。
心已經徙振動，像風一直飛，飛去歇佇春天的樹葉仔，一
个人一蕊花一个夢，故事的內容，是樹葉仔頂面彼隻刺毛
蟲。

---

33 透濫：thàu-lām，混合。	39 拊過：hú-kuè，擦過、拭過。
34 殕色：phú-sik，灰色。	40 一逝：tsit tsuā，一條、一行。
35 數念：siàu-liām，想念，掛念、	41 拋荒：pha-hng，任意荒廢。
懷念。	42 焐：ù，靠在溫度高的東西，使
36 昨昏：tsa-hng，昨天。	低的一方溫度上升。
37 拍無去：phah-bô--khì，遺失、	43 㧈走：tshuā tsáu，帶走。
丟掉。	44 遐爾仔：hiah-nī-á，那麼地。
38 迥過：thàng--kuè，鑽過、穿	45 囥踮：khǹg tiàm，放在。
過。	

　　草葉青青徛挺[46]日光，風佇耳空邊軟軟仔送，若像咧對我講細聲話。耳空搝利利[47]聽看覓[48]，敢是[49]欲共[50]我講蚯蚓仔咧鬆塗，草子對塗底颺[51]出來？有聽著跤步聲行倚來，聽袂清是虛的抑是實的，敢若[52]是拄轉來有紮感情的，也敢若是日搬樹影，欲經過爾爾[53]。

　　總是愛等甲[54]新舊交接的時陣，記持才甘願褪掉彼領破去的舊衫，才甘願予心悶掠著對拆過的日誌行出來的活影。本底冷冷清清，干焦當做倉庫咧使用的厝，相連紲[55]幾若工[56]，像咧病囝全款，吐一堆雜細出來。毋知是啥人？閬[57]遮濟年[58]的時間，這馬[59]才來咧催趕改變的跤步。我一時好玄[60]，踮厝邊的四箍輪轉[61]探探看看咧，有體溫的厝，連脈咧跳嘛感覺會著。是啥人來咧抿掃？看這个範勢[62]，連鞭[63]有人欲來踮的款。恬寂

46　徛挺：khiā thîng，站直挺立。	55　相連紲：sio-liân-suà，連續，一個接著一個。
47　搝利利：iah-lāi-lāi，把耳朵掏敏銳。	56　幾若工：kuí-ná kang，好幾天、許多天。
48　看覓：khuànn-māi，看一看、看一下。	57　閬：làng，間隔。
49　敢是：kám sī，難道是。	58　遮濟年：tsiah tsē nî，這麼多年。
50　共：kā，跟、向。	59　這馬：tsit-má，現在。
51　颺出：bùn tshut，鑽出。	60　好玄：hònn-hiân，好奇。
52　敢若：kánn/ká-ná，好像、似乎。	61　四箍輪轉：sì-khoo-liàn-tńg，四周圍。
53　爾爾：niā-niā，而已。	62　範勢：pān-sè，情況、態勢。
54　等甲：tán kah，等到……的時候。	63　連鞭：liâm-mi，馬上、立刻。

寂⁶⁴的空氣佮光影，予人佇遐⁶⁵挨⁶⁶來挨去，像暝共日
頭對暗暗的山溝仔底趖出來，被冷落過的時間勻勻仔⁶⁷燒
烙⁶⁸，死色的氣氛漸漸轉紅牙⁶⁹。

　　看著矣⁷⁰，是一个慈祥的老菩薩。是這个笑微微的阿
婆，共我目睭內的風景齊換新。是伊，予我看著清幽幽的
天，是推辭袂掉的邀請。親像是咧共我講，會當用希望做
筆，跍遐寫批予未來，閃爍的星就會共好笑神的明仔載焉
來，幸福就會來平凡的日常點名做記號，予遐的佮善良結
黨的人攏知足快樂。厝前曠闊的紅毛塗埕⁷¹，親像天公伯
仔金滑的尻脊⁷²，阿婆常在佇遐用桌籤曝高麗菜葉仔佮菜
頭籤，只要幾工仔相連紲出炎日，覕佇菜內面的風佮雨，
誠緊就予時間收收轉去，變做芳貢貢的菜乾共我哎。足想
欲共偷拈一塊园咧喙內哺看覓，用盡一生的生長提煉出來
的滋味，一定誠⁷³甘。桌籤空空無曝菜乾的時，就有一隻
貓仔勼規球⁷⁴佇遐咧爁日⁷⁵，阿婆攏毋知⁷⁶。

---

64 恬寂寂：tiām-tsik-tsik，靜悄悄。
65 佇遐：tī hia，在那裡。
66 挨：e，推、推擠。
67 勻勻仔：ûn-ûn-á，慢慢地。
68 燒烙：sio-lō，溫暖、暖和。
69 紅牙：âng-gê，紅潤。豐滿而帶有紅色的光澤。
70 看著矣：khuànn--tio̍h-ah，看到了。
71 紅毛塗埕：âng-mn̂g-thôo tiânn，水泥地的庭院。
72 尻脊：kha-tsiah，背部、背脊。
73 誠：tsiânn，很、非常。
74 勼規球：kiu kui kiû，縮成一球。
75 爁日：nah-ji̍t，曬一下太陽。
76 攏毋知：lóng m̄ tsai，都不知道。

年歲若漸漸濟，記持就漸漸反背[77]。想欲牽一隻領頸長長的麒麟鹿[78]，予蹛佇記持內的時間騎，按呢我的時間就看會著頭前的路。就袂予睨佇未來的糊塗，雄雄[79]跳出來驚著。

就佇彼个煮暗頓[80]的時陣，我的厝邊來叫門矣：「太太，敢會當[81]共我敲一个電話叫開鎖的？」阿婆的面憂憂。才來蹛三工[82]爾爾，規掛[83]鎖匙就鎖鎖佇咧房間仔底。真歡喜伊有代誌隨來揣我，袂去顧慮著生份，有厝邊就是好佇遮[84]，拄著代誌有人鬥參詳[85]，毋是我平常時勢做人，是這个附近已經無別戶矣。只是，鎖匙去予無頭神綁票，這毋是靠跋感情就會當收煞的，也毋是像欲噗薰[86]揣無 lài-tah[87] 來問番仔火[88]遐爾簡單。這若無欲叫拍鎖的，嘛愛有一个目色好的賊仔。我的誠意一秒都無延遲，拍拚為伊想變步，因為我根本毋知鎖匙店的電話，菜嘛猶咧煮，規口灶[89]咧等食飯，一時行袂開跤。較講嘛是濟歲人較有智慧，阿婆先開喙矣：「天嘛暗矣，猶閣有另外一間

---

77 反背：huán-puē，違背、背叛。
78 麒麟鹿：kî-lîn-lȯk，長頸鹿。
79 雄雄：hiông-hiông，突然、猛然、一時間。
80 暗頓：àm-tńg，晚餐、晚飯。
81 會當：ē-tàng，可以、能夠。
82 蹛三工：tuà sann kang，住三天。
83 規掛：kui kuānn，整串。

84 佇遮：tī tsia，在這個地方。
85 鬥參詳：tàu tsham-siông，幫忙商量。
86 噗薰：pok hun，抽煙。
87 lài-tah：打火機。
88 番仔火：huan-á-hué，火柴。
89 規口灶：kui kháu-tsàu，指一家人。

通眠，明仔載才敲電話叫阮囝棻鎖匙來好矣。」有影是免操煩，天若光，目頭就無結。

　　無的確[90]是彼間厝的房間，予人放捒[91]傷久咧 sāi-thái[92]，才會共阿婆搶鎖匙，毋予伊入去眠。

　　這工，氣溫有淡薄仔[93]下降，愈暗愈寒，愈暗心愈袂安靜。踮眠床頂反來反去[94]無才調[95]落眠，行去門邊看對阿婆伊的房間窗仔，細葩電火焞佇玻璃窗若霧霧的月光，彼是長暝澹溼的目睭仁。伊毋知睏未？雖然阿婆共家己睏的問題發落好矣，伊房間內彼支鎖匙煞袂輸一支利劍劍的刀仔片，佇我的心肝割一剺[96]，閣像強盜共我押去暝上寒的所在，看一个老人身軀呰呰掣[97]，堅凍甲變做冷吱吱的石頭。我一粒心從[98]出來倚佇喉邊，足想欲去共捒門，大聲喝：「阿婆！你的房間有被無？」心予熱 phut-phut[99]的躊躇一滾絞[100]落去，煞顛倒坐清[101]，看著這一切攏是耳、

---

90 無的確：bô-tik-khak，說不定、不一定。
91 放捒：pàng-sak，遺棄、丟棄。
92 sāi-thái：生氣、使性子。
93 淡薄仔：tām-póh-á，稍微。
94 反來反去：píng-lâi-píng-khì，輾轉難眠，睡不著覺。
95 無才調：bô tsâi-tiāu，沒有辦法。
96 剺：léh，用刀子淺淺地劃開。
97 呰呰掣：phih-phih-tshuah，因寒冷而身體發抖。
98 從：tsông，慌亂奔忙。
99 熱 phut-phut：熱心、熱烈。
100 滾絞：kún-ká，翻騰、掙扎、滾動、扭絞。
101 坐清：tsē-tshing，澄清。水中雜質沉澱。

目這兩个匪徒，佇咧為非糝做[102]。到遮來[103]才警覺，後悔也已經袂赴矣。阿婆敢知影？離伊誠近的所在，佇壁佮壁的中央，我的心像一面鏡，不時浮出伊失落的面容佮孤單。蹔無全跡的厝內人，心內到底有偌濟全心的掛念？in 敢會像我遮厚操煩？像我遮愛想東想西，想著生活中真濟沓沓滴滴[104]的代誌，真濟家己無心舞出來的齣頭[105]，上愛等佇順境之外，搶走笑容打擊信心。欲樂暢抑是欲鬱悶，心思選擇的路線，最後攏變成人生的色彩。

　　這一暝，天氣生冷酸澀，我心內彼个燒燒軟軟的所在，賊較惡人。

　　自從阿婆來遮蹔了後，我才知影，原來世界閣有藏真濟風景，佇我的起心動念。遐的景色藉著我身軀頂的物件做工具，變魔術予我看。我看著早起時仔的清靜，變成是一條狹狹的路，有一堆人相爭欲對遐過，連眠床頭咧做守衛的亂鐘仔[106]，都無緣無故顧人怨。這是佇天拄拍殕仔光[107]的時，佛經的音樂像海湧一直溢對我這爿來，淹入我的夢中，躺踮眠床的我，像予人對大海罟起來擲佇砧的

魚，睏眠隨死去。聽攏無遐的經是咧唱啥，干焦[108]感覺聲音特別大聲。這个時陣，眠若已經阿婆仔閬港[109]，逐袂轉來矣，目睭攏莫褫金[110]，會掠準[111]是佇佗一間廟寺的大殿咧。非常莊嚴的旋律，可惜我佮仙佛較無交陪，所以聽起來袂輸[112]是一群和尚佇耳空邊踅踅唸，逼我這个信仰的逃兵共心肝底遐的耐性交出來。唉！想袂到我樸實的心園仔內，無牡丹無玫瑰無栽半欉芳花，鬆鬆的塗肉，早就墊一粒煩的種子，無順心的代誌倚過來，損鐘隨出芽。聲音，真正是厲害的器具，堅固像戮鑽[113]，鑽入眠拍破夢，嘛會幼枝甲若針鉤仔，鉤破好性地釣出受氣。心若是早就像一隻嗚嗚叫的蜂仔等佇遐[114]，就會據在聲音迵過意念招出歡喜。聲音是心神的火箭，會載人去真濟料想袂到的境界。我上近的厝邊，生活習慣佮我上清靜的時間相疊，心情煞綴咧[115]必雙叉[116]。阿婆拍算[117]是耳空較重，傷細聲聽無，我應該將心比心體諒才著。毋過，總是感覺逐工透早，我的耳空就變做運動埕，有一營兵咧操練蹔跤步，將軍毋是我，礙虐[118]礙虐。

108 干焦：kan-na/kan-ta，只有、僅僅。
109 阿婆仔閬港：a-pô-á làng-káng，溜之大吉，逃之夭夭。
110 褫金：thí kim，眼睛張開。
111 掠準：liàh-tsún，認為、以為。
112 袂輸：bē-su，好比、好像。
113 戮鑽：lak-tsǹg，鑽子。
114 佇遐：tī hia，在那裡。
115 綴咧：tuè--leh，跟著。
116 必雙叉：pit siang-tshe，裂開分叉。
117 拍算：phah-sǹg，大概、也許。
118 礙虐：gāi-giȯh，彆扭、不順，令人覺得不舒服。

外面若是透大風，咱知影跕厝內就好，厝有壁通閘；外口若是落大雨，咱知影出門擇雨傘抑是穿雨衫，身軀就袂予雨沃澹[119]。靈魂的守護者，時刻咧替咱的安全設想。是按怎不如意的代誌，會遐爾仔[120]厲害？彼敢是有魔神仔的笑聲佮面容，狗看會吠雞看會飛，憂愁四界傱[121]？

唸佛敢真正會當安搭浮動的心，點化愚癡挽斷煩惱？心神的風雨，攏寄託誠心的祈求來成全，敢有贏面？我干焦知影，執著若徙位，烏陰隨時變好天。不而過，這真正是一个上簡單的困難。毋知影阿婆 in 兜的人是按怎來看待伊的信仰？人生已經行一半較加[122]，將近欲接路尾矣，是經驗過啥物款的因緣，世俗的牽纏才愈行愈放會清？若毋拄好信仰佮親情愛分開跤，欲按怎選擇？佮信佛的阿婆做厝邊，我的眠變短日變長，天若光就先偷偷仔祈禱心情毋通[123]著賊偷，我保管的歡喜已經是少少。阿婆是一个慈祥好鬥陣的老人，我狹狹的心，應該為伊閣弓[124]較開咧才著，用歡喜包容的心來成全，嘛算是放家己的齷齪[125]一條活路。心有所倚靠，真是幸福的代誌，才袂親像是失去方向的鳥隻，茫茫渺渺，毋知欲飛去佗[126]？

---

119 沃澹：ak-tâm，淋濕、澆溼。
120 遐爾仔：hiah-nī-á，那麼地。
121 四界傱：sì-kè tsông，到處亂跑。
122 較加：khah ke，較多、多一點。
123 毋通：m̄-thang，不可以、不要。
124 閣弓：koh king，再撐開。
125 齷齪：ak-tsak，心情鬱悶、煩躁。
126 佗：toh，何處、哪裡。

　　毋捌[127] 看過阿婆是按怎咧唸早課。一開始，我攏家己想家己著，到甲彼一工，我才智覺著，才知影忠直的壁毋但會偷揜[128] 故事，閣會講笑詼。我掠準莊嚴的樂音若霆，阿婆定著是手提念珠，目睭半開瞌非常虔誠，非常認真咧唸經。當當伊出現佇我的目睭內，啊，我感覺我的受氣雄雄著傷，予笑射著一箭。想袂到伊竟然是佇壁邊欶新鮮的空氣，輕輕鬆鬆幌手搖尻川[129]，遐爾仔心適古錐，原來早課是佛桌頂的佛祖家己的穡頭[130]。差無幾伐，伊運動甲骨頭齊快活，我煞家己佇遐烏白凝[131]，由在假勢[132] 的猜疑，焄我 peh 山[133] 閣蹽溪。

　　老菩薩啊，你哪通佇我的修持猶綴你袂著的時，就來共我考驗？

　　恁兜的佛祖大細心，伊予你的手是翼，焄心自由四界遊；伊予我的喙角[134] 變做半暝月，有時翹翹有時垂垂。

　　阿婆有足濟出家的朋友，in 三不五時就會紮物件來遮煮，會鬥款東款西，一來就規晡久[135]，像查某囝轉來後

---

127 **毋捌**：m̄ bat，不曾。	132 **假勢**：ké-gâu，自以為是、自作聰明。
128 **揜**：iap，藏、遮掩。	133 **peh 山**：爬山。
129 **尻川**：kha-tshng，屁股。	134 **喙角**：tshuì-kak，嘴角。
130 **穡頭**：sit-thâu，工作。	135 **規晡久**：kui poo kú，好久，大半天的。
131 **烏白凝**：oo-pėh gîng，胡亂懊惱。	

頭 [136]，揣阿母司奶 [137] 按呢咧陪伴，順紲 [138] 教阿婆誦經。其中有一个上捷 [139] 來的，生做足福相，伊有大喉嚨空，講話聲調攏催盡磅。看起來就是真熱心的人，看著我嘛會親切拍招呼：「阿彌陀佛，師姐。」本成欲學伊的話講一遍，當做予伊的應話，盍知我喉內彼句阿彌陀佛勼勼 [140]，鈍鈍無脈，毋敢冒險出聲，驚舌拍結，落尾干焦笑笑頕 [141] 一个頭。

人客欲走的時，阿婆閣來揣我：「你敢會當共我叫車？遐的 [142] 師父欲轉去精舍矣。」伊徛徛 [143] 來門邊，喙那講目尾那捽 [144]，煞去予影著 [145] 鎮甲規屜間的蘭花佮花坩仔：「你逐工 [146] 遐晏睏攏咧無閒彼喔？」敢會我門開來開去，有去共吵著？像做賊去予搣著 [147]，證據充分不得辯解，我歹勢笑笑頕頭承認。透早讓你暗暝予我，逐家 [148] 無相伨 [149]。屜邊好來好去，可比是趁著 [150] 一个親情 [151]，會當互相照顧。攏是按呢 [152]，聽著聲就臆影。蹈

---

136 後頭：āu-thâu，娘家。
137 司奶：sai-nai，撒嬌。
138 順紲：sūn-suà，順便。
139 上捷：siōng tsia̍p，最常。
140 勼勼：kiu-kiu，畏縮退卻不前。
141 頕頭：tàm-thâu/tìm-thâu，點頭。
142 遐的：hia--ê，那些。
143 徛徛：khiā uá，站過來:
144 捽：sut，甩過去。
145 影著：iánn--tio̍h，看到、注意到。
146 逐工：ta̍k-kang，每天。
147 搣著：tsang--tio̍h，逮到、捉到。
148 逐家：ta̍k-ke，大家。
149 無相伨：bô sio-phenn，不互相佔便宜。
150 趁著：thàn--tio̍h，賺到。
151 親情：tshin-tsiânn，親戚。
152 按呢：án-ne，這樣、如此。

傷近[153]矣，才會耳空黏佇壁，生活用耳聽就知影。一堵壁隔開兩个世界，西爿清心，東爿無閒。

傷無閒會忝[154]，傷閒嘛艱苦。阿婆應該是真正閒袂牢[155]矣，腦筋才會動去厝後彼片拋荒的園仔。我佇這爿做工課，就看著伊想欲拆花棚仔，遮摸遐摸，拆無路來規氣[156]放棄，換坐踮低椅頭仔薅草[157]，我臆[158]伊想欲栽菜，抑若無[159]袂遮[160]撥工。敢是想著菜大甲[161]有看矣，才會無想著家己身體已經袂堪得[162]？這暗，隔壁攏無點半葩火，凡勢[163]無人佇厝，忽然間感覺彼間厝，冷冷的空氣閣集倚來，凍結時間，共我的記憶捻去一角。

幾若工[164]矣，彼間厝像啞口攏無聲無說，我暗暗仔咧等待，心內有講袂出的掛心。

緣份的來是風聲，去是夢影。經過的跤步聲，像樹椏頂冷暖的交替。隔壁坵的園仔，雜草愈發愈靠勢，迒[165]過四季跳脫輪迴，菅芒佮草藤嘛合齊鬥鋪出一洋綠色海

---

153 傷近：siunn kīn，太近。
154 忝：thiám，疲累。
155 閒袂牢：îng bē tiâu，閒不住。
156 規氣：kui-khì，乾脆。
157 薅草：khau-tsháu，拔草。
158 臆：ioh，猜。
159 抑若無：iah/ah-nā-bô，否則、不然。

160 袂遮：bē tsiah，不會這麼。
161 大甲：tuā kah，大到…的程度。
162 袂堪得：bē-kham-tit，受不了、禁不起。
163 凡勢：huān-sè，也許、可能。
164 幾若工：kuí-nā kang，好幾天。
165 迒：hānn，跨過、越過。

湧，浮掌 [166] 無岸通倚的思念，引渡袂赴 [167] 講的保重。

——2021 台南文學獎台語散文首獎作品

——2022.3《臺江臺語文學》季刊 41 期

166 掌：thènn，支撐物品，使其不
　　掉下來。

167 袂赴：bē-hù，來不及、趕不上。

03
陪你向前行

　　佮[1]平常時仝款[2]，來恁兜[3]只是開講，當當我問你冊讀了按怎[4]的時，恁老母像咧講笑話：「In阿姆[5]講伊攏是咧考港號。」恁阿叔順話尾：「共[6]遐的[7]成績的數字簽落就著矣啦，牌支曷著閣想？」考試紙頂面，遐的無超過60的分數，這个時陣[8]，像一群白目囡仔[9]，一組一組跳出來，佇大人的笑聲內面，nih目[10]吐舌變虎貓[11]。

　　想袂到[12]，你的分數煞變做逐家[13]的話柄佮笑詼。阿嬤笑袂出來，干焦[14]感覺心咧跙流籠[15]，心情淡薄仔罩烏陰。佇你的向望，一定有真濟擺[16]，日頭用無仝款的光線做信號，欲報你行另外一條景色較媠的路，只是，你攏激

1	佮：kap，和、及、與。		10	nih目：眨眼。
2	仝款：kāng-khuán，同樣、相像、沒有差別。		11	變虎貓：pìnn-hóo-niau，扮鬼臉。
3	恁兜：lín tau，你們家。		12	想袂到：siūnn-bē-kàu，想不到。
4	按怎：án-tsuánn，怎麼、怎樣。		13	逐家：tȧk-ke，大家。
5	in阿姆：他們的伯母。		14	干焦：kan-na/kan-ta，只有、僅僅。
6	共：kā，把、將。		15	跙流籠：tshū liû-lông，溜滑梯。
7	遐的：hia--ê，那些。		16	真濟擺：tsin tsē pái，好多次。
8	時陣：sî-tsūn，時候。			
9	囡仔：gín-á，小孩。			

外外 [17]。

就因為按呢 [18]，我推薦家己欲做你的家庭教師，雖然我冊讀無濟 [19]，毋過 [20] 為著欲予你的父母信任，我共家己的 gâu[21] 澎風矣。紲落 [22]，就是鼓勵你認真讀冊，你配合的意願也真懸 [23]，你敢知影？阿嬤歡喜甲 [24] 袂輸 [25] 去允著一个天下間上好的頭路，嘛好親像已經看著你美好的未來矣 [26]。

去冊局共 [27] 你揣參考冊的時，加買一本西遊記，阿嬤冊讀無濟，真想欲藉別項閒冊，共 [28] 你愛拍電動的心，沓沓仔 [29] 搝 [30] 轉來。逐工 [31]，我攏面皮激厚厚去恁兜，因為恁老母常在講：「牛頭班哪有要緊？後過袂變歹就好矣，你來教嘛是白教，伊袂認真讀的啦。毋免 [32] 插 [33] 伊，據在伊。」我無同意遮的 [34] 話，干焦記牢你共阿嬤講過，將來你想欲做老師，就憑你這句話，我就啥物攏毋驚 [35]，想欲

17 激外外：kik-guā-guā，置身事外。裝出一副事不關己的樣子。	26 矣：--ah，了。
18 按呢：án-ne，這樣、如此。	27 共：kā，幫……。
19 無濟：bô tsē，不多、很少。	28 共：kā，把、將。
20 毋過：m̄-koh，不過、但是。	29 沓沓仔：tàuh-tàuh-á，慢慢地。
21 gâu：擅長的本事。	30 搝：giú，拉。
22 紲落：suà--lòh，接下來。	31 逐工：tàk-kang，每天。
23 懸：kuân，高。	32 毋免：m̄-bián，不必、不用。
24 甲：kah，到……的地步。	33 插：tshap，管、干涉。
25 袂輸：bē-su，好比、好像。	34 遮的：tsia-ê，這些。
	35 攏毋驚：lóng m̄-kiann，都不怕。

招你向前行！

底時 [36] 有考試？數學教甲佗位 [37]？這是阿嬤上捷 [38] 問你的話。咱做伙奮鬥的頭擺 [39] 考試是考地理，我問你考了啥款 [40]？Uì [41] 你的表情就知影，你累積的拍拚，已經去換著歡喜矣。你笑微微共我講：「我讀的遐 [42] 攏有考出來呢！阿嬤，你今仔日 [43] 欲教我啥？」你是毋是已經感受著，進步，予你的日子充滿了期待佮快樂，親像是夢自由咧行徙 [44]？

來，咱閣 [45] 繼續堅持落去，予昨昏 [46] 的放蕩佮恥笑，永遠逐你袂著 [47]！

——2021 阿却（A-khioh）賞入選（適合國中、高中生讀的台語短篇散文）

——2022.3《台文通訊 BONG 報》第 336 期

36 底時：tī-sî，何時、什麼時候。	42 遐：hia，那、那裡。
37 佗位：tó-uī，哪裡。	43 今仔日：kin-á-jit，今天、今日。
38 上捷：siōng tsiàp，最常。	44 行徙：kiânn-suá，走動。
39 頭擺：thâu-pái，第一次。	45 閣：koh，再。
40 啥款：siánn-khuán，如何、怎麼樣。	46 昨昏：tsa-hng，昨天。
41 uì：從。	47 逐袂著：jiok bē tiòh，追不到。

04
有人叫我阿妹仔

　　菜市仔有一个賣菜大姐，伊佮一般人無全[1]。伊毋但[2]gâu[3]賣菜，又閣[4]會曉回春術。會對伊遮爾仔[5]有印象，是因為有一擺，我 uì[6] 伊面前行過，伊雄雄[7]出聲：「買菜喔！阿妹仔。」我一時煞糊塗起猜疑，佗位[8]來的喝聲遮[9]得人聽？我越頭看是毋是伊咧招呼別人，攏無，我閣看伊，伊的眼神將我的目睭鎖咧，再一次用堅定的口氣：「阿妹仔，你欲共我買啥？」這擺，我袂閣[10]懷疑矣。確實無毋著[11]，我就是伊咧叫彼个阿妹仔。

　　那[12]買伊的菜那問伊年歲，原來伊大我將近欲 20 歲。這个大姐真知做生理的鋩角[13]，我想，伊欲出門進前，毋

1　無全：bô-kâng，不同、不一樣。	8　佗位：tó-uī，哪裡。
2　毋但：m̄-nā，不但、不只。	9　遮：tsiah，如此、這麼。
3　gâu：擅長。	10　袂閣：bē koh，不會再。
4　又閣：iū-koh，又、再。	11　無毋著：bô m̄-tiòh，沒錯。
5　遮爾仔：tsiah-nī-á，這麼地。	12　那：ná，邊…邊…。
6　uì：從。	13　鋩角：mê-kak，比喻事物細小而且緊要的部分。
7　雄雄：hiông-hiông，突然、猛然。	

是先去巡菜園掠 [14] 菜蟲，是先用蜜共 [15] 喙舌搵 [16] 搵豉 [17] 豉
咧。古錐的賣菜大姐，伊栽的菜人客都攏猶袂吞落腹肚，
遐的 [18] 甜粅粅 [19] 的言語，就已經先佇心內回甘矣。

　　一句「阿妹仔」，用移山倒海的氣勢，就予 40 冬前
彼个阿妹仔的心花，開踮 [20] 40 冬後的目尾。

（原華文 106.8.25 聯合繽紛）

14　掠：liáh，捕、抓。
15　共：kā，把、將。
16　搵：ùn，蘸沾。以物沾粉或液
　　體。
17　豉：sīnn，醃漬。

18　遐的：hia--ê，那些。
19　甜粅粅：tinn-but-but，形容非常
　　甜。
20　踮：tiàm，在……。

05
考試心得

　　頭一擺參加閩南語認證考試，無緊張嘛無特別準備，只紮來滿滿的記持，靠勢[1]生活中的應答，毋捌[2]離開過家己的母語。親切的言語，流佇血裡的感情，若毋是時代的悲哀來創治[3]，哪著來考試？

　　我像拄入學[4]的學生，行入應試的學校，一樓躽[5]過一樓，欲揣有老師咧等待的休息區。佇生份的所在，約束的等待是心的燈塔，只要有老師做伴，心就安一半。

　　第一節的口語表達，是我上頂顢[6]的科目。錄音機的題目一放煞，喙邊的 mài-khuh[7] 隨等欲接收我的回答，捎無摠頭[8]的語句離離落落，鈍去的喙舌，顯露出我頭殼內欠缺的智識。我袂輸[9]是一个無紮武器，就上戰場的戇兵仔，敵人一開銃就共我彈彈死。

1　靠勢：khò-sè，仗勢、倚恃。	7　mài-khuh：麥克風。
2　毋捌：m̄-bat，不曾。	8　捎無摠頭：sa-bô-tsáng-thâu，抓
3　創治：tshòng-tī，捉弄、欺負。	不到頭緒。
4　拄入學：tú jip-o̍h，剛入學。	9　袂輸：bē-su/buē-su，好比、好
5　躽：nǹg，穿、鑽。	像。
6　頂顢：hân-bān，形容人愚笨、	
遲鈍、笨拙，沒有才能。	

　　紲落來 [10] 的考題，攏離袂開對台語的理解佮用法，只有盡力去回答爾爾。會當探測文化佮習慣的語言，若無靠平常時的應用、研讀佮收集，一點一滴來累積實力，實在真歹扭掠 [11]。

　　佇歇睏的閬縫 [12]，我看著兩个同學，in 的重點毋是來參加考試，毋過，從 [13] 出從入咧替人服務，予我真感動。in 就是少數的彼款人，彼款肯犧牲肯付出的人。猶有濟濟我毋捌的人，攢來食的啉的，予有需要的同學隨意挈 [14] 去用。遮爾 [15] 貼心的設想，佇嚴肅的考試日，攏是相伨 [16] 的溫暖，啖糝 [17] 無一定予人心情放鬆，毋過歡樂的氣氛共阮逐家箍牢牢 [18]。

　　毋管考好考穤 [19]，我心內欲感謝的頭一个，是老師。

　　若毋是認證考試，嘛毋知影欲推揀母語，猶有遐爾仔 [20] 濟功課愛做，無論是社會事抑是人情義理等等的工課，毋但愛會曉講，閣愛講有理路。真濟台語詞的用法，意思相倚，其中的差別卻是奧妙無窮。

---

10 紲落來：suà--lóh-lâi，接下來。
11 歹扭掠：phái liú-liáh，指不好應付。
12 閬縫：làng-phāng，空出時間，抽空、趁隙等。
13 從：tsông，為某種目的四處奔走。
14 挈：khéh，拿、取。
15 遮爾：tsiah-nī，多麼、這麼。
16 相伨：sio-thīn，互相支持。
17 啖糝：tām-sám，吃零嘴解饞。
18 箍牢牢：khoo tiâu-tiâu，緊緊地圈住。
19 穤：bái，差勁、不好。
20 遐爾仔：hiah-nī-á，那麼。

考試，只是實力的測驗，分數的濟少是其次。我佇這改考試的經驗，感受著「台語文化班」的燒烙[21]，感受著同窗的友誼，感受著老師像爸母疼囝，按呢[22]咧對待學生。

——2022.11 月（台語文化班創刊號）

---

21 燒烙：sio-lō，溫暖、暖和。　22 按呢：án-ne/án-ni，這樣、如此。

〔附錄〕翁月鳳作品著獎、發表記錄

篇名	獎項／發表處
望	第七屆台文戰線文學獎台語現代詩頭等 2020.1《台文戰線》第 57 期
愛是勇氣的後頭厝	2020 苗栗縣第 23 屆夢花文學獎母語文學佳作 2021.5《台客詩刊》第 24 期
啼印	2021 臺灣文學獎臺語文學創作獎入圍
一蕊月光花	2021 第十二屆桃城文學獎台語現代詩第三名 2022.4《台客詩刊》第 27 期
王徵吉——掛號	2022 第八屆教育部閩客語文學獎閩南語現代詩社會組第三名 2022.5《海翁台語文學》第 245 期
行入阿里山詩路	2022 第十三屆桃城文學獎台語現代詩優選 2022.12《海翁台語文學》第 252 期
記持的剪綹仔	2020 第十屆台南文學獎台語散文優等 2021.1《台文戰線》第 61 期
秋天的過路客	2021 台南文學獎台語散文首獎 2022.3《臺江臺語文學》季刊第 41 期
陪你向前行	2021 阿却 (A-khioh) 賞入選適合國中、高中生讀 ê 台語短篇散文 2022.3《台交通訊 BONG 報》第 336 期

篇名	發表處
風吹	2020.6《台客詩刊》第 21 期
手指	2020.6《台客詩刊》第 21 期
露螺	2020.6《台客詩刊》第 21 期
武漢	2020.6《台客詩刊》第 21 期
新冠病毒	2020.6《台客詩刊》第 21 期
喙罨	2020.6《台客詩刊》第 21 期
隔離	2020.6《台客詩刊》第 21 期
鏡	2020.4《臺灣教會公報》第 3556 期
思念	2020.4《臺灣教會公報》第 3556 期
日出	2022.9《臺灣教會公報》第 3681 期
收音機	2021.3《臺江臺語文學》第 37 期
夕陽	2020.5《海翁台語文學》第 221 期
傷	2021.2《台客詩刊》第 23 期
失算	2021.2《台客詩刊》第 23 期
阿里山咧唱育囡仔歌	2021.2《海翁台語文學》第 230 期
毋通認輸	2021.4《台文戰線》第 62 期
彼收點播的歌	2022.5《台客詩刊》第 28 期
風颱	2022.9《台灣教會公報》第 3681 期
風咧吹	2022.8《台客詩刊》第 29 期
來去紫竹寺	2022.10《海翁台語文學》第 250 期
回甘	2023.2《台客詩刊》第 31 期
有人叫我阿妹仔	原華文 2017.8《聯合繽紛版》
考試心得	2022.11《台語文化班創刊號》

連瑪玉
*Marjorie
Landsborough*

蘭醫生媽的
老台灣故事

鄭慧姃—漢譯
阮宗興—校註

台灣
經典寶庫
Classic Taiwan

定價 **400**元

近百年前，英國青少年的台灣讀本
女性宣教師在台灣各地親身見證的庶民生命史

宣教師連瑪玉（「彰化基督教醫院」創辦人蘭大衛之妻），為了讓英國青少年瞭解台灣宣教的實際工作，鼓舞年輕人投身宣教的行列，曾陸續出版三本台灣故事集，生動有趣地介紹台灣的風土民情、習俗文化、常民生活，以及初代信徒改信基督教的心路歷程。本書即為三書的合譯本，活潑、具體、生活化地刻劃了日治中期（1910-30年代）台灣人和台灣社會的樣貌，公認是揉合史料價值與閱讀趣味的經典讀物。

前衛出版
AVANGUARD

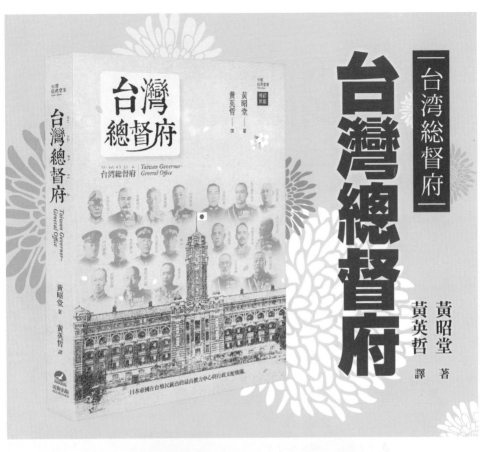

台灣總督府

黃昭堂 著
黃英哲 譯

日本帝國在台殖民統治的
最高權力中心與行政支配機關。

本書是台灣總督府的編年史記，黃昭堂教授從日本近代史出發，敘述日本統治台灣的51年間，它是如何運作「台灣總督府」這部機器以施展其對日台差別待遇的統治伎倆。以歷任台灣總督及其統治架構為中心，從正反二面全面檢討日本統治台灣的是非功過，以及在不同階段台灣人的應對之道。

前衛出版
AVANGUARD

台灣
經典寶庫
Classic Taiwan

2013.08 前衛出版　定價350元

台灣
經典寶庫
Classic Taiwan

英譯———甘為霖牧師　　漢譯———李雄揮
校訂———翁佳音

【 修 訂 新 版 】

荷蘭時代的福爾摩沙

FORMOSA UNDER THE DUTCH 1903

名家證言 ———————————————— 翁佳音

若精讀，且妥當理解本書，那麼各位讀者對荷蘭時代的認識，級數與我同等。

本書由台灣宣教先驅甘為霖牧師（Rev. William Campbell）選取最重要的荷蘭文原檔直接英譯，自1903年出版以來，即廣受各界重視，至今依然是研究荷治時代台灣史的必讀經典。

修訂新版的漢譯本，由精通古荷蘭文獻的中研院台史所翁佳音教授校訂，修正少數甘為霖牧師誤譯段落，並盡可能考據出原書所載地名拼音的實際名稱，讓本書更貼近當前台灣現實。

定　價

650 元

前衛出版
AVANGUARD

台灣
經典寶庫
Classic Taiwan

番俗六考

十八世紀清帝國的臺灣原住民調查紀錄

文白對照 註解版●

黃叔璥 ——原著
宋澤萊 ——白話翻譯
詹素娟 ——導讀註解

臺灣文學史上古典散文經典「雙璧」之一
臺灣原住民史研究最關鍵歷史文獻
文白對照、歷史解密，再現臺灣原住民的生活風俗

清領時期，首任「巡臺御史」黃叔璥將其蒐羅之臺灣
相關文獻，以及抵臺後考察各地風土民情之調查報告
與訪視見聞寫成《臺海使槎錄》。其中〈番俗六考〉對
當時的原住民，尤其是平埔族群的各方面皆有詳盡的
描述與記載，至今仍是相關研究與考證的重要可信文
獻。

本書擷取〈番俗六考〉與〈番俗雜記〉獨立成書，由
國家文藝獎得主宋澤萊，以及中央研究院臺灣史研究
所副研究員詹素娟攜手合作，以淺顯易懂的白話文逐
句翻譯校註、文白對照；另附詳盡導讀解說與附錄。
透過文學與史學的對話，重新理解這一部臺灣重要的
古典散文與歷史典籍。

NCAF 國藝會　前衛出版 AVANGUARD

台灣
經典寶庫
Classic Taiwan

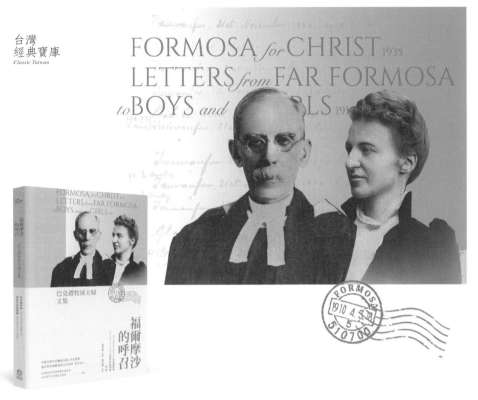

FORMOSA *for* CHRIST 1935
LETTERS *from* FAR FORMOSA
to BOYS *and* GIRLS 191

巴克禮牧師夫婦
文集

福爾摩沙
的呼召

巴克禮牧師夫婦
文集

本書由巴克禮牧師《為基督贏得福爾摩
沙》（*Formosa for Christ*, 1935）及 伊
莉莎白牧師娘《從台灣遙寄給男孩女孩
的書信》（*Letters from Far Formosa to
Boys and Girls*, 1910）兩書合譯而成。

《為基督贏得福爾摩沙》一書，為巴牧
師為關心海外宣教的英國長老教會青年
所寫，他在書中回顧台灣教會從草創到
蓬勃的發展歷程，並介紹當時台灣社會
及在日本教育下成長的新興世代的整體
面貌。巴牧師的牽手伊莉莎白牧師娘，
則在生命晚期為英國少年寫了《從台灣
遙寄給男孩女孩的書信》。她以溫柔幽默
的文字，為讀者勾勒出早期台灣人的鮮
活形象。

巴克禮牧師夫婦以其虔誠的信仰，數十
年如一日的服事，成就了為台灣奉獻一
生的典範身影，其著作早已超越宗教界
線，不僅是他們鍾愛台灣的最佳見證，
更是台灣人要共同珍惜的精神資產。

福爾摩沙
的呼召

REV. THOMAS BARCLAY 巴克禮牧師
ELISABETH A. TURNER 伊莉莎白牧師娘

張洵宜／漢譯　阮宗興／校註

（原）著

國家圖書館出版品預行編目 (CIP) 資料

啼印 / 翁月鳳著 . -- 初版 . -- 臺北市：前衛出版社，
2022.12
　面；　公分
ISBN 978-626-7076-76-7(平裝)

863.4　　　　　　　　　　　　　　111018165

啼印

作　　者　　翁月鳳
責任編輯　　番仔火
封面設計　　大觀設計
美術編輯　　宸遠彩藝
出 版 者　　前衛出版社
　　　　　　地址：104056 台北市中山區農安街153號4樓之3
　　　　　　電話：02-25865708 | 傳眞：02-25863758
　　　　　　郵撥帳號：05625551
　　　　　　購書・業務信箱：a4791@ms15.hinet.net
　　　　　　投稿・代理信箱：avanguardbook@gmail.com
　　　　　　官方網站：http://www.avanguard.com.tw
出版總監　　林文欽
法律顧問　　陽光百合律師事務所
總 經 銷　　紅螞蟻圖書有限公司
　　　　　　地址：114066 台北市內湖區舊宗路二段121巷19號
　　　　　　電話：02-27953656 | 傳眞：02-27954100
出版日期　　2022年12月初版一刷
定　　價　　新台幣300元
I S B N　　978-626-7076-76-7
©Avanguard Publishing House 2022　　Printed in Taiwan

＊請上『前衛出版社』臉書專頁按讚，獲得更多書籍、活動資訊
　https://www.facebook.com/AVANGUARDTaiwan